B

READ AND BE BETTER

站在两个世界的边缘

的边缘

纪念版

程浩

伯爵在城堡 —— 著

GUANGXI NORMAL UNIVERSITY PRESS

广西师范大学出版社

·桂林·

站在两个世界的边缘：纪念版

ZHANZAI LIANGGE SHIJIE DE BIANYUAN: JINIAN BAN

图书在版编目(CIP)数据

站在两个世界的边缘：纪念版 / 程浩著 . -- 桂林：广西师范
大学出版社，2023.9

ISBN 978-7-5598-6257-0

Ⅰ . ①站⋯ Ⅱ . ①程⋯ Ⅲ . ①中国文学—当代文学—作品综合集
Ⅳ . ① I217.2

中国国家版本馆 CIP 数据核字（2023）第 135450 号

广西师范大学出版社出版发行

广西桂林市五里店路9号　邮政编码：541004
网址：http://www.bbtpress.com

出　版　人：黄轩庄

责任编辑：张丽娉

内文制作：李俊红

装帧设计：尚燕平

全国新华书店经销

发行热线：010-64284815

山东韵杰文化科技有限公司印刷

山东省淄博市桓台县桓台大道西首　邮政编码：256401

开本：787mm×1092mm　1/32

印张：9.875　图：18幅　字数：130千

2023年9月第1版　2023年9月第1次印刷

定价：59.00元

如发现印装质量问题，影响阅读，请与出版社发行部门联系调换。

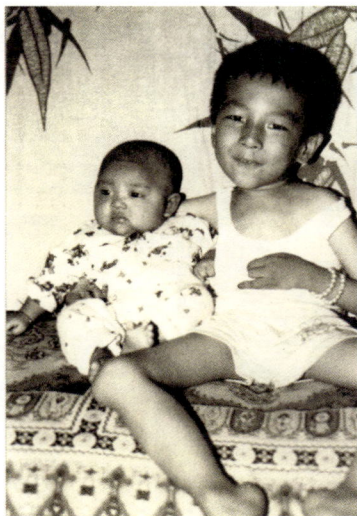

程浩和妹妹

我对妹妹十分愧疚。如果她有一个健康的哥哥，肯定会受到更多的宠爱。作为哥哥，不能去保护她，反倒要她来照顾我。

——程浩

八岁。程浩第一次和家人去石河子南山滑雪，不能自己坐，所以爸爸抱着他玩的爬犁子，那天他玩得好开心。

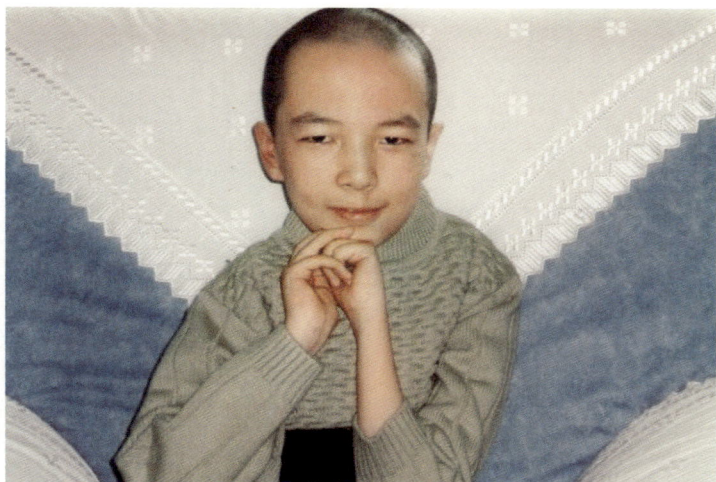

十四岁，已经成长为多思的少年。此时已不能坐，四周都是用被子、枕头垫起来的。

孤独的玫瑰

我不怕一个人走到世界尽头，只怕陪伴我的人不能坚持到最后。

鼠绘、文字 / 程浩

岛

学不吃苦，玩不出花，一辈子都是庸庸碌碌。

鼠绘、文字 / 程浩

无题

十五岁是我人生的一个转折点，是我经历过最痛苦和最黑暗的日子。陪我度过那一时期的是各种人物传记，我不是看他们如何攀上辉煌的顶峰，而是看他们如何度过人生的低谷。

鼠绘、文字 / 程浩

目录

写在阅读之前

程浩离开我们，已经十年了。

这十年，如白驹过隙，在变动时代的投射下，离别、新生、悲伤、欣喜，失望、希望，挣扎、冲破……轮回般闪现于每个人的生活。

这十年，当年陪伴程浩度过那些日子的同龄小伙伴，如今已而立，品尝着人生五味；而新一代正在迎向自己成年礼的意气少年们，经历着成长的阵痛、梦想的憧憬。

他们这些人，我们这些人，当面对天不遂人愿的现实时，程浩那句曾触动无数人的人生真言，依旧能在心灵深处生出昂扬的力量。是的，"真正牛的，不是那些可以随口拿来夸耀的事迹，而是那些在困境中依然保持微笑的凡人"。

再次回忆、重新认识程浩——这位"向死而生"的"勇士"，这位把活着当作一种事业的"生命歌者"，汲取他带给世人的那些经得住时间长河洗礼的正向能量，对于十年后的我们而言，仍有如信念般的意义。

这本纪念版文集，尝试将程浩短暂的一生集中呈现给大家，让曾经知道他的人，再次回忆他；让不曾知道他的人，有机会了解他。文章编选自已出版的《站在两个世界的边缘》（2013）和《生命的单行道：程浩日记》（2013），有专栏文字，有知乎问答，有书信和短小说、诗歌创作，也有记录生命最后四年光影的日记。新增一篇程浩关于如何通过互联网进行自学的文章，从中可窥他是怎样充实自己的知识世界的；一封程浩写给妹妹十二岁生日的家书，对妹妹成长的呵护跃然纸上；一次生前接受的唯一专访，作为附录文章收入。程浩的妹妹喜爱画画，此次也专门为纪念版创作了八幅作品，用更具象、可感的形式，将程浩生前喜欢的事物和憧憬拥有的场景描画出来，以示纪念。

"幸福就是一觉醒来，窗外的阳光依然灿烂。"借程浩这句温暖人心的话，希冀每一位读到程浩文字的新朋旧友，由心而发，真切感受到生命的力量。

编者

2023年8月

纪念程浩

李哲/文

十年，人生能有多少个十年。程浩，妈妈和你一同度过了两个十年，而这是你离开的第一个十年。这十年，妈妈和身边的人、事、生活、工作都在悄然变化着。

回忆陪你一起度过的二十年，是迎着太阳的二十年，是有人把我当成"英雄"的二十年，忙碌但又幸福的二十年，从不去想也不敢想你会离开的二十年。

时间对每个人都是公平的，不会多给谁一秒，也不会少给谁一分；但程浩，妈妈却觉得和你在一起的这二十年仿佛被偷走了分分秒秒，是那么地匆忙。时间可以冲淡一切，但却从未冲淡关于你的记忆，在无数个黑夜，脑海中一遍遍浮现从你出生开始的记忆。

你离开的十年，是追光的十年。你留给妈妈的记忆让我从你离开的黑暗、空虚、无助中一点点去寻找那一束光；读着你留下的文字，回忆着你和妈妈说过的话，让我慢慢地振作，你说"只有坦然接受命运的不公，才能安然享受生命的平等"。于是，我也学会了慢慢接受现实，并且寻找自己的价值。

这十年我让自己加倍去工作，但在工作中往往有很多的不如意，你曾说："你想过普通的生活，就会遇到普通的挫折。你想过上最好的生活，就一定会遇上最强的伤害。这世界很公平，你想要最好，就一定会给你最痛。"我便把这些困难当作一种磨炼；和对方谈判时，如果听到了不好听的，就想到你说"如果有人骂你，别在意，因为此刻全世界的任何一个角落，都可能有那么几个人以同样的方式正在骂他"，便可以笑笑，继续下去。你坚信，一个人活着的价值，在于他对自己未来的期许。这样的人，往往都有一个明确的目标，活着即是为了完成它。妈妈并没有远大目标，没有雄心壮志，认真工作只是简单地想充实自己的生活，做一些以前没有勇气做的事情。

疫情期间，因为封控，工作也被按下了暂停键，刚开始在家里的几天很惬意，时间稍久，慢慢变成了烦躁。突然想起了你说看书可以让自己安静下来，于是我开始找各种书阅读，放慢脚步充实生活。在这段时间，妈妈读了你以前给我说过的书，但我当时并未在乎看的什么书，学到了什么，只是在这个时候，会觉得离你更近了。

程浩，我这辈子最幸运的事情就是当了你的妈妈。谢谢你来过，虽然时间短暂，但你教会了妈妈生活的态度，未来的十年、二十年，妈妈也会努力以最美好的姿态去迎接生活，但唯一改变不了的事情就是对你的思念！未来还有无数个漫漫长夜，只希望一觉醒来，窗外的阳光依然灿烂。

妈妈致

2023年8月

代序

　　比起QQ、微博这种机械式的交流工具，我的确更喜欢写邮件。不仅因为邮件看起来更正式、更具有保留价值，最重要的是邮件的篇幅更长，写的字也更多，可以充分满足我表达的欲望。世界在我的眼中如同一台巨大的、飞速运转的计算机，各种音乐、图像、语言就像不同的代码，文字也是其中一种。我希望自己是一个合格的程序员，在自己的有生之年能给这个世界输入足够多的信息，让你们看见更有趣的内容。

　　在我很小的时候，就已经感觉自己和别人似乎不太一样。但是那点不一样在一个孩子的心里就像一颗长了黑点的杨桃，完全没意识到自己和那些光鲜、饱满的同类有什么区别。所以我拼尽全力，试图抹去身上那一点点的不同，希望自己能和别人一样。为此我盲目地模仿周围那些哥哥姐姐，模仿他们的行为，模仿他们的喜好，模仿他们说话时的语气，模仿他们对生活的态度。直到有一天，我坐在窗边望着外面的雪景，看见一对恋人路过楼下，女孩手里捧着一个蓝色保温杯，在寒冷的冬天里冒着氤氲的热气，男孩紧紧搂着她的肩膀，两个人你一口我一口地分享同一杯热水，身影慢慢走远。

那一刻，我终于明白，无论我怎么做、怎么模仿，自己永远都不可能像他们一样。我不可能在这么冷的天气出门，也不可能跟一个女孩肩并肩地散步，更不可能用一双有力的臂膀紧紧搂住她。

老妈总说我可怜，可我从不这么觉得。但是那一次，我觉得自己真可怜。

所以我的童年是站在世界的边缘，我渴望自己能融入人群，做一个凡夫俗子。可是我却从没真正走进过这个世界，一次都没有。我永远站在世界的边缘。后来我在世界的不远处建立了另一个世界，属于我的世界。这里的规则由我定，我是这个世界的主宰。十年了，没有几个人能走进这个世界，曾经走进的也陆陆续续离开了。可我并不感到难过，一点也不难过。我仍然喜欢交朋友，尤其是漂亮的姑娘，因为跟她们在一起我很快乐。

虽然我已经有了自己的新世界，可是我依然怀念那个熙熙攘攘的世界。如果有一天，我出书了，我会取名叫《站在两个世界的边缘》。

欢迎你走进我的世界，认识你真好。

伯爵在城堡

2013年3月27日

看世间

所谓生活，

不过就是一种「昂着头的艺术」，

仅此而已。

你觉得自己牛在哪儿？

为什么会这样觉得？

　　我自1993年出生后便没有下地走过路，医生曾断定我活不过五岁。然而就在几分钟前，我还在淘宝给自己挑选二十岁的生日礼物。

　　在同龄人还在幼儿园的时候，我已经去过北京、天津、上海等大城市的医院。在同龄人还在玩跷跷板、跳皮筋的时候，我正在体验着价值百万的医疗仪器在我身上四处游走。

　　我吃过猪都不吃的药，扎过带电流的针，练过神乎其神的气功，甚至还住过全是弃儿的孤儿院。那孤独的日子，身边全都是智力障碍的儿童。最寂寞的时候，我只能在楼道里一个人唱歌……

　　二十年间，我母亲不知道收到过多少张医生下给我的病危通知单。厚厚一沓纸，她用一根十厘米长的钉子钉在墙上，说这很有纪念意义。

小时候，我忍受着身体的痛苦。长大后，我体会过内心的煎熬。有时候，我也忍不住想问："为什么上帝要选择我来承受这一切呢？"可是没有人能够给予我一个回答。**我只能说，不幸和幸运一样，都需要有人去承担。**

命运嘛，休论公道！

近些年，我的健康状况日益下降，住院的名目也日益增多，什么心脏衰竭、肾结石、肾积水、胆囊炎、肺炎、支气管炎、肺部感染等等。我曾经想过，将来把自己的全部器官，或捐献给更需要它的人，或用于医学研究。可是照目前来看，除了我的眼角膜和大脑之外，能够帮助正常人健康工作的器官，真的非常有限。

我最遗憾的事情是没有上过学，不能像正常人一样交朋友，认识漂亮姑娘，谈一场简单的恋爱。但是就像狂人尼采说的："凡不能毁灭我的，必使我强大。"正是因为没有上学，我才能有更多的空闲时间用来读书。让我自豪的是，我曾经保持过一天十万字的阅读量。**虽然我不知道自己为什么要读书，但是，我觉得这是认真生活的表达方式。**

我不是张海迪女士那样的励志典型，也不是史铁生老师那样

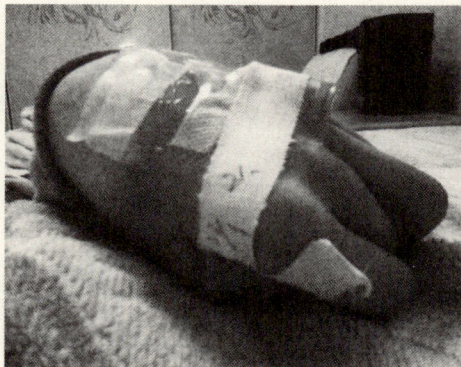 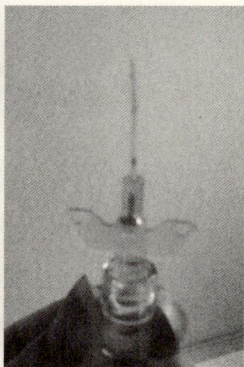

图1　　　　　　　　图2

的文学大家，我只是一个普通的"职业病人"。但是我想说，真正牛的，不是那些可以随口拿来夸耀的事迹，而是那些在困境中依然保持微笑的凡人。

这是我在知乎回答的第一个问题，感谢题主。期待认识更多朋友。

P.S. 俗话说：有图有真相，附赠一个月以前被120拉走，抢救时扎的套管针一枚。此针为软管，可在人体停留一月而不跑针。

感谢大家的祝福和鼓励。我没想到自己无心的一次回答能够得到这么多赞同和回复。本想对大家的祝福一一致谢，但是发现评论截至目前已经到了220条，真是心有余而力不足。姑且做一下补充，回答其中几位朋友的问题。

首先感谢TaoTao和刘轩，谢谢你们提出愿意来看我。如果有可能，我也希望能认识你们，毕竟一个人的日子，真的很孤独。可惜我们距离相隔太远，我家在新疆，抛去飞机，一个五一三天小长假，坐火车出新疆就要一天半，还得祈祷伟大的有关部门不要晚点。

其次感谢Sven同学，谢谢他愿意和我共享自己的生命长度，即使这很难实现。以前我想，如果有一天我拥有了正常人所拥有的一切，包括健康，可能我就不会像今天这般对生活如此认真。**生命之残酷，在于其短暂；生命之可贵，亦在于其短暂。**假如有一天，我成为不死不灭的存在，那一刻，我猜自己也会陷入空虚与散漫的漩涡之中，虽生犹死。

感谢压泥先生。对于您的问题，我不知道怎么回答，因为确实没有统计过具体数字。不过的确花了家里不少钱，我爸妈总说："别人家孩子是拿饭喂出来的，我们家儿子是拿钱贴出来的。"

感谢程风、徐楚和webgeekman三位同学。我第一次回答知乎就能得到大家的认可，实在是非常幸运。以后我会尽量回答知友的问题，有可能的话，我希望能做到每日一答。不过除了自己水平有限之外，我的打字速度会很慢，因为我是用鼠标一个一个点出来的。

感谢曹梦迪、庄表伟和GayScript三位知乎大神，你们都是我进知乎关注的第一批Boss，谢谢你们能够回粉我。还要感谢阿达同学，谢谢你的关心，我虽然大江南北跑了这么多年，可是没有一家医院能够明确答复我，我的病因究竟是什么。

不少知友提出我的指甲该剪了，在此说明一下，图2中的那只纤纤玉手，并非我本人，而是我老妈。另外，很多知友在评论中回复大量英语，很抱歉，我看不懂，但还是很感谢你们。

还有知友说我很励志。我觉得我只是做了自己该做的，能做的，仅此而已，没什么值得大家学习的。从小到大，**我最讨厌别人给我贴"身残志坚""自强不息"这样的标签。看似是表扬，实则是歧视。活着，是每个人的希望；活得好，是每个人的欲望。**这是每个活着的人（无论健康与否）都应该做到的。这样应当应分的事情，是不值得拿来夸奖的。难道因为疾病，每个人就要活得垂头丧气、萎靡不振吗？

还有某些人发私信质疑我，说我拿一个"高级针头"在知乎炫富。顺便说一下，那套管针五十块钱一个，听说星巴克的咖啡三十五块钱一杯，前者是救命的，后者是消遣的，不知道性价比如何？还有人质疑我博同情，骗赞同。对于这样的质疑，我不想多说什么了。罗永浩有一句话，深得我心："彪悍的人生，不需要解释。"

本想再和知友们聊点什么，可惜已经很晚了。此刻，窗外的夜空星罗棋布，你们的祝福会像那些明亮的星星一样，闪耀在我的梦里。

晚安！

程浩是谁？

　　我一直比较害怕有人会问"程浩是谁"这样的问题。一来是知乎没有几个人真正了解我，二来是我本人也不习惯自吹自擂。主要是评价自己根本就是一吃力不讨好的活儿。夸自己，未免有点妄自尊大；贬自己，未免有点妄自菲薄；说得平淡些，未免又有点不疼不痒。但是看到这个标题，我还是本能地狂喜了一下，这大概就是虚荣心作祟吧。

　　关于我的经历，前文基本已经交代清楚了。在此我再简单地说一下自己的个人属性吧。

　　93年人，白羊座。生在新疆，长在新疆，不出意外还会死在新疆。标准"三无"人员：无工作、无学历、无对象。宅界巨子，常年三四个月不出一回门。职业病人，经营此道二十余载。业余书虫，旁学杂收但都浅尝辄止。爱好姑娘，女生各种优先，男生各种靠边。

特长吹牛，常常一不小心就蹦出几句真理。优点明显：温柔、善良、幽默、开朗、真诚、阳光，集各种正能量于一身的老男孩。缺点突出：把自尊看得比命都重。人送外号：死要面子活受罪斯基。

朋友说我是"闷骚男"，生人不说话，熟人变话痨。有间歇性人格分裂，经常说话前后自相矛盾。重度分类强迫症患者，已经到了再分类就剁手的晚期阶段。怪咖级"90后"，各种格格不入。没有手机，不玩"人人"，喜欢古董音乐，鄙视YY小说。十五岁以前崇拜很多各行业的英雄，十五岁以后发现那些英雄都不过如此。理想主义者，务实（非现实）主义者。IQ+EQ之总和，不如AQ千分之一高的偏执狂。观点不中立，眼里不揉沙的坏孩子，不打引号。家庭成员四人：老爸、老妈、老妹、自己。日常生活：读书、码字、鼠绘、发呆、看电影、听音乐、吃药。最喜欢的作家是钱锺书、王小波、史铁生。最喜欢的歌手是汪峰、陈奕迅、Beyond。最喜欢的电影是《阿甘正传》。最喜欢的水果是吸满阳光的芒果。最喜欢的游戏是钩心斗角的"三国杀"。最愤怒的是听见游戏里有队友说："卡了！"最开心的事儿是听见有姑娘说："我们能认识一下不？"

嗯，基本情况就是这样。而我说自己一无所长，不学无术，这也是实话，因为我除了读书写字之外，的确什么都不会。至于

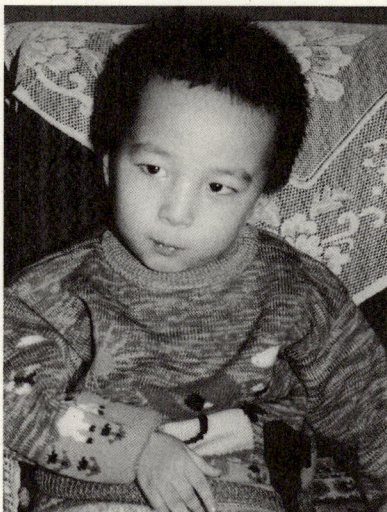

六岁照

道理嘛，呵呵，还是老话讲得好，"空谈误国，实干兴邦"。这个世界上最不值钱的就是整天讲大道理的人。

本来以为这个回答会是我一个人的独角戏，没想到还有这么多人。谢各位没让我一个人自言自语。

最后附一张自己的照片，大的就不给了，长残了，给一张小时候的吧。要是觉得萌，您就点个赞同呗！

昂着头的艺术

2003年夏天，电视里到处是戴着口罩的"面具侠"，连广告都比平常更少了。远在海南出差的老妈半夜两点钟打来一个电话，说她不能按时回家了，还叮嘱我千万别感冒，哪哪哪又死了几个人。奶奶去超市一口气买了六瓶醋，说多吃醋可以预防传染，结果那星期全家人都吃得胃里泛酸水。虽然当时我才十岁，但是我知道这一切不正常的现象都和一个"人"有关，它就是"非典"。

那时，所有人都在面临抉择。上班的人考虑要不要休假，上学的人考虑要不要休学。听说电影院暑期档的票价从五十降到十五，街上除了口罩、板蓝根和消毒液之外，其他商品都在打折。我也在考虑，不过我考虑的是要不要趁这个"人烟稀少"的机会，上街去转一转，到公园、广场、步行街、肯德基（如果还营业的话）这些平常人流量大的地方，至少这次不必再担心轮椅蹭到别人身上了。

1993年我出生在新疆博尔塔拉，那是一个说出来也不会有人知道的小地方。父亲曾经是一名旅游司机，每年大江南北四处奔波，母亲身兼数个公司的会计，地点相隔数百公里，每月有一半时间要花费在路上，而我自出生起就不能走路，原因不明。我常笑说，是我父母一生跑了太多的路，最后使我"无路可走"。

自从出生以来，我就被医生断定活不过五岁。每年春暖花开的时节，我都要到医院里住上一两个月，准时得就像一只迁徙的候鸟。住院的名目自然比一般人要丰富，什么肾结石、肾积水、胆囊炎、肺炎、肺部感染、心脏衰竭，它们就像徐志摩写下的诗句一样，"轻轻地走，又轻轻地来，挥一挥衣袖，不带走一片云彩"，只留下一张张的病危通知单。老妈有心，厚厚一沓纸被她用一根十厘米长的钉子钉在墙上，说这很有纪念意义。

六岁以前，我一直在全国各地看病。当同龄人还在上幼儿园时，我已经去过北京、天津、上海等大城市的医院里"参观旅游"，当同龄人嘴里嚼着两块五一包的干脆面时，我正体验着价值百万的医疗仪器在我身上四处游走。记得有一次是去河北石家庄，传说那里有一个能让人起死回生的气功大师，他成立了一个气功学校。气功学校的住宿有限，绝大多数患者都是在学校周围租房子住。我最初也是如此，跟爷爷奶奶一起，租了当地人家里的一间卧室，厨房和卫生间都是共用的。那院子住的基本上都是病患，屋里屋外都是人，尤其到了夏天，蚊子比老鼠还大，老鼠比蚊子还多，各种方言通过流动的热气混杂在一起，令人难以忍受。

那时候，我对人多的场合有一种抵触心理，也不像一般孩子那样爱凑热闹，经常是自己抱着一台破收音机，一个人坐在小院门前的一条小河边，朝河里丢石子。清冷的月光倒映在水面上，总能使人心底流过一丝微微的凉意。奶奶常说："月圆的时候，许愿最灵。"可惜不是每天都有月圆。后来我偶然发现，用石子击碎水中的月亮，会有瞬间的月圆出现。于是我每次无聊的时候，就喜欢来河边扔石子，对着水中的月亮许愿。直到长大以后，听见张惠妹那首《一想到你呀》中的歌词，"……丢一枚钱币等月儿圆"，我都会感到那么亲切。

离开夜晚的宁静和惬意，白天的日子总是备受折磨的。那时候，每天就是三件事：推拿、气功、针灸。去之前要先买票。推拿是一次七块钱，气功是一次五块钱，针灸是一次两块钱。而我一直都弄不明白，为什么明明技术含量要求更高的针灸，价格却要排在最后？

每天早上，气功房里都是人头攒动，你要不拿出"舍我其谁"的决心，玩儿命往里冲，最后"舍"在门外的就是你。所以排队的任务就落在我爷爷的身上。

气功房里没有凳子，更别提床了，只有一张看起来十分突兀的台球桌摆在角落。我不能像别人那样站着，所以只能躺在台球桌上，看着一群人在对面喊着一些我听不懂的口号："三三九六八一五，宇宙能量灌全身……"

有一次，一个三十岁左右的气功师傅，站在离我一米远的距离，一边挥舞双手，一边说："现在，我正用气功给你按摩，现在，我正按摩你的肠胃……"他的两只手在空气中挥动，骨节捏得咔咔作响。

晚上回家，我就感到胃疼。强大的心理作用让我觉得是他用力过猛了……

我还认识一个眼睛看不见的小姑娘，名字叫毛毛，她比我大几岁，长得很漂亮。每天她妈妈都要带她来扎针，母女俩牵着手，走过长长的楼梯。毛毛为了证明自己即使看不见也能跳得远，一路上都是蹦蹦跳跳的。她妈妈一边嘱咐她别跳，一边担心地握着她的手，一刻也不敢松。两个人穿过拥挤稠密的病房走廊，坐到一个能晒到太阳的窗户底下，静静等待针灸的大夫。毛毛总是喜欢坐在面朝窗户的位置，金色的阳光透过玻璃，洒在她粉红的脸颊上。她双眼微眯，面带微笑，像是一个降临人间的天使。周围人都笑她："这丫头不嫌晒！"而她却笑着回答："妈妈说，只有吸满阳光的眼睛，才能照亮世界。"

"……吸满阳光的眼睛，才能照亮世界。"许多年后，我读过几本书，仍然觉得这句话比海子的"面朝大海，春暖花开"，更能让我感到温暖。

那时，我每天最开心的就是能和毛毛坐在一起，所以我每次扎针都去得特别早，为的就是能提前占领最靠近窗户的位置，这样就能和她待在一起很长时间。可是跟漂亮姑娘待在一起，时间再长也是短的。针灸一次需要两个小时，为了珍惜每一分钟，我会不停地跟毛毛聊各种话题，或者给她猜谜语、讲笑话，而且每天内容都不重样。实在无谜可猜、无话可笑时，我还可以自己编，我那时一晚上可以编出十几条谜语或者幽默段子。那大概就是我的第一次创作。

偶然一次，毛毛来找我，那天正好赶上停电。窗外夜色如墨，大雨滂沱，时而划过一道闪电将屋子照得惨白。家里的大人不知去向，只留下我和毛毛两个人看家。我当时很怕黑，于是点燃一根蜡烛放到桌上。火苗燃烧着、跳跃着，我和她一动不动地趴在桌子上。我问毛毛："你怕黑吗？"她想了想说："妈妈说了，看不见就不会怕黑。"

我意识到蜡烛只能给我一人带来光明，而毛毛的世界依然是黑暗的。我问她："那你害怕什么？"她好长时间没有回答，过了一会儿，她轻轻地说："我害怕自己永远都不知道什么是黑。"

外面的雨，很快就停了。毛毛离开时，要我明天扎完针到她家里去玩，我说好。然后她就和她妈妈走出了大门。

第二天，我并没有赴约。因为发烧，我在床上躺了整整一天，大脑强忍着睡意，思考自己明天应该如何解释失约的原因。

隔天早上，我再去扎针，病房和之前几天完全一样，只是窗户底下坐的人，不再是毛毛。我问旁边人，毛毛今天怎么没来？那人摇摇头说："哎——那丫头的动作太快了，没抓住啊！"

我这才知道，原来昨天毛毛扎完针后，一直在病房等我。她等了很久，直到大部分病人都走光了，她仍然不肯离开。毛毛妈妈和毛毛起了争执，两个人相互撕扯。毛毛挣脱了她妈妈的手，沿着墙壁向门外飞奔。可是她只能摸到面前的阻碍，却无法预估脚下的危险。这医院没有人能想到，楼梯口那个不起眼的垃圾桶，竟会将眼睛看不见的毛毛绊倒，从十八级的台阶滚落下去，鲜血瞬间染红了她的脸。

我不知道毛毛是否还活着。也许她已经死了，带着她"吸满阳光的眼睛"去照亮另一个世界；也许她还活着，或许意外能让她像电视里演的那样重见光明。总之从那以后，我再也没有见过毛毛。而我编的那些谜语和笑话，也再没心思对别人提起。

这件事情对我一直有很大影响，也让我对那地方有一丝失落和无法言说的复杂感情。

半年以后，我离开石家庄回到新疆，除了人比来时瘦了一圈，此外别无"收获"。唯一有"收获"的人是我奶奶，她回到新疆就被检查出得了糖尿病。

又过了几年，我在电视上看见那家气功学校被公安局取缔，那位气功大师以诈骗罪被拘捕。

从那之后，家里人不再带我去做那些无谓的检查了，但这不代表我就能远离医院，相反，我住院的次数正在以"烽火燎原"的态势逐年递增。

十二岁那年，第一次胃出血，胃里像是丢进去一块烧红的铁板，火辣辣的。八天八夜水米未进，原样吃进去的东西还得原样吐出来，深黑透红，别提多鲜艳了。医生和我家熟识，直言不讳地说："再这样下去不是病死的，也是饿死的。"

吃不进食物，生命就只能靠输液维持。手和脚都扎满了针，最后只能剃个光头扎到头上。即便如此，一根健康、充盈、饱满、弹性的血管，仍然供不应求，许多药品只能挂在墙上排队等候。

后来医生拿来一个"三通"，那是一个十字架形状的塑料管，一端接在针头，另外三个接口分别连接三瓶不同的液体，这样一枚针头就可以同时吊三瓶药。那时候，我身上到处都是这样的针管。偶然间从昏迷中苏醒，看见头顶挂满了亮闪闪的玻璃瓶，感觉就像燃烧的孔明灯。

医生叮嘱每小时要换一次药，晚了就要出问题。老妈担心老爸粗心大意，非要自己守在床边。她在巴掌大的小板凳上坐了三天三夜，像我一样不吃不喝一动不动。如果不是医生要找她谈话，我猜她会比我坚持得还久。医生要说什么大家都知道，无非是什么病情危重，做好思想准备之类的。不过这话老妈根本没机会听到，她一出病房就在医院的楼梯上摔倒了，用她自己的话说："就跟没长腿一样，没感觉了。"最后，还是护士把她扶回病房，打了一瓶葡萄糖，然后被老爸强行送回了家。

半个月以后，我出院了。一个漂亮的小护士过来给我拔针，她笑盈盈地说："真没想到你又活过来了！"我说："阎王嫌我太善良，上帝嫌我太混账，他们都不肯收留我，没办法我只能回到人间。"

这次出院以后，老妈更不让我随意出门了，甚至偶尔的家庭聚会也不允许我参加，因为医生怀疑我是吃了外面不干净的食物导致的胃出血。于是原本就有限的生活范围，因为医生的一句话变得更小，小得就像陷进了这个世界的酒窝里。所以我常常想，也许这就是自己爱笑不爱哭的原因吧。

毫无疑问，一个人的生活是寂寞的。记得有人说过："世界上最难过的事情，莫过于多年以后，我们彼此发现对方都已经改变。"这真是一句漂亮的蠢话，最难过的事情从来都不是"彼此的改变"，而是所有人都在改变，只有你还一成不变。尤其是当你目送儿时的玩伴踏上远去求学的列车，或者听见自己曾经暗恋的姑娘告诉你她即将结婚的消息，又或是看着电视里充满活力的年轻人为了梦想打拼未来，而你却坐在冷清无人的书房里望着四面灰白墙壁，这种人生停滞带来的挫败感，常人往往难以想象。虽然我的父母都很善解人意，但有些东西仍然是他们无法真正了解的。

虽然不情愿，但我却不得不承认，有时候这个世界是不公平的。它鼓励你去思考人生的意义，它要求你拥有一颗坚毅的心灵。可是，对那些勤于思考的人，它并没有恩赐以幸福，而对那些内心坚强的人，它更是毫不吝啬地给予打击。反观那些愚笨、怯懦的人，他们或许更容易获得长久的安宁与满足。

　　曾经很长一段时间，我都是抱着这样的心态，过着浑浑噩噩、自暴自弃的生活。我不再读任何一本书，不再主动和别人说话，不再表达自己的喜好。每天沉溺在网络游戏的虚拟世界中，用当时尚且可以自控的双手，完成一场场毫无意义的血腥杀戮。或者用最粗俗的话语谩骂一个素未谋面的网友，仅仅是因为对方游戏中的一个无关紧要的失误。时至今日我也想不明白，自己当初为何要那样做，但我知道，只有如此，我才能清楚地感受到自己的存在。我必须用别人的伤痛与愤怒，才能证明自己仍然活着；我必须用虚拟世界里的荒唐胜果，才能麻痹现实人生中的残酷失败。

　　那一年，我十五岁。那是我人生中最黑暗的时光。

　　直到某一天，一个停电的雨夜，我发现自己引以为傲的世界原来如此脆弱不堪，只需要一场稍大的雷雨就可以使它顷刻毁灭。我盯着黑暗的电脑屏幕，听着窗外雨水落地之声，仿佛是无数锋利的石子击打在我的心窝，痛得我流下了眼泪。我不知道自己为什么会哭，但我确实哭了，也许是对自己的失望，也许是对未来还抱有一丝希望，当然，更大的可能还是对人生的绝望。

　　那时候，我并不能真正明白人生到底是怎么一回事。我那时以为，人生就像一杯水，疾病就像一滴墨，它让我的水浑浊暗淡，让我的人生失去光明。

许多年以后我才明白，人生可以是一杯水，也可以是一片海，关键是看一个人的内心。心是大海，便能包容缺憾，同化污秽，永远保持自身的通透明净。

命运如此，休论公道。不幸与幸运一样，都需要有人承担。可惜人生需要经历，需要沉淀，一个十几岁的孩子是不能明白这个道理的。

那个下雨的夜晚，改变了我的一生。它用直面孤独与黑暗的方式，把我拉回现实，让我重新思考关于生活的种种问题。比如生活、梦想和未来。虽然我不知道自己将会在何时死去，但至少不是现在。在死之前，我还有很长一段路要走。然而这条路必然不能像以前那样去走了，那我又该朝何处进发呢？

从那之后，我开始认真地对待生活，每天阅读大量的书籍。正如狂人尼采所说："凡不能毁灭我的，必使我强大。"孤独和痛苦的日子，使我有足够的时间对那些尚未翻阅的书籍，保持一种"生吞活剥"的好奇心。我就像当初迷恋网络游戏一样，用近乎自虐的方式，一天十几个小时不间断地阅读。每到夜里，当我闭上滚烫火辣的眼睛时，眼泪就会像一锅沸腾的开水不自觉地溢出眼眶。那个时候我就会有一种精神上的"饱腹感"。这种显而易见的疼痛会让我感到踏实和安稳，让我意识到生命的真实存在。虽然我不知道自己读书是为了什么，但我觉得这就是认真生活的表达方式。

然而，疯狂地阅读并没有给我乏味的生活带来多少乐趣，反倒让我更加真切地感受到一种难以想象的寂寞。就像一本书上说的："你知道的越多，你越会觉得自己像这个世界的孤儿。"

我希望能有一种途径，可以把我人生中最华彩的篇章，拿来提前上演。就像转瞬即逝的绚丽烟火，用自己全部的能量照彻夜空，随后归于沉寂。

如今我已经二十岁了，对生命和死亡都有了与过去完全不同的思考。假如人类的生命被迫要时刻笼罩在死亡的阴影之下，那我想没有人能比我所处的位置更加危险了。所以我从不感到恐惧，也无需恐惧。命何足惜？不苦其短，苦其不能辉煌罢了。没人能挽留你在这个世界，就像没人能阻止你来到这个世界。如果非要说害怕什么，我只是害怕上帝丢给我太多理想，却忘了给我完成理想的时间。

后来有一天，老妈突然问我："假如当初是你得了非典，你会做什么？"我说："我会立马签一份遗体捐献协议，将来把能用的器官都捐了，不能用的器官拿去做医学研究。这总比最后烧成灰的结果要强吧？”

　　这念头在我心里已经不止一天两天了，而且未来必定要去付诸实践。这不是我有多么高尚，更谈不上有多么伟大。我只是单纯地认为，这是一件正确的事情。这世界，不是每个人都有机会做自己想做的事情，但是我们应该尽量去做那些正确的事情。纵使不能抵挡黑夜的来临，我们也要站在星空下仰望光明。

　　不必可怜谁，不必同情谁。所谓生活，不过就是一种“昂着头的艺术”，仅此而已。

失败之书

什么是"失败之书"?

假如世间真有一本书名为"失败",我料想其内容必是千百万个破损的梦想书写而成。因为一个没有梦想的人,又怎么会失败呢?

所谓的"失败",不过就是一个不断向前奔跑的人,却被现实的围墙撞出了血。他或许会疼,或许会哭,但是他永远不会迷茫。因为他清楚地知道——自己一定要走出围墙。反之,一个甘愿跪在围墙里的人,则是永远不会受伤的。

我读过很多名人传记,深知那些伟大、卓越的历史人物,在他们青年时期都经历过灰暗的人生低谷。但是我并不认为那些书是关于失败的,相反,我一直认为那是作者在利用人物的挫折来反衬他们未来的成功。所以,那种失败并不能算作人生的失败。

那只是一个人登上山顶之前，地心引力所带来的压迫感。

在我眼里，真正能够称得上"失败之书"的，大概只有史铁生老师的《我与地坛》了。因为在人生的旅途上，任何失败与打击、挫折与磨难，我想都不会比活到二十一岁那样一个狂妄的年纪，却被废去双腿带来的挫败感更强烈了。因为所有关于爱情和梦想的幻境，都在你想动而不能动的那一刻，瞬间破灭！即便生命有无数种存在的理由和目的，可最终爱情和梦想才是一个人活下去的希望之源。若是将此夺去，那唯一剩下的就是不断地自我拷问：我还有什么？我还能做什么？我为什么要这么做？

或许，这是三个简单的问题，但是它们却包含着哲学世界里的终极命题——生命的意义是什么？而从另一个角度看，这又不仅仅是三个问题，它们更像是三柄钝而无锋的巨斧，替那些困于黑暗地牢里的失意者，硬生生地凿穿了囚禁心灵的那道围墙，更凿出了一条险峻的、漫长的、闪烁着一丝光亮的救赎之路。

很长一段时间，我都不能理解"救赎"这个词的真正含义到底是什么。甚至单从字面上看，这两个字都让人感觉相当抽象。如你此刻扪心自问：我的救赎之路在哪？你有答案吗？千万别对我说你不需要救赎。因为我们早已在茫然不知间踏上了自我救赎的道路，唯一的区别在于，有的人越走越近，而有的人越走越远。

再到后来，我学过英语，写过代码，建过网站，做过动画，炒过股票，当过游戏代练。就像史铁生老师当年拿着纸和笔在地坛偷偷练习写作一样，这些东西也是我偷偷学的。不过后来都被我放弃了，因为那真的不适合我。我无法在那些事情上获得自我认同。我感觉自己仿佛穿越到那座萧条破败的地坛古园，虽然来来往往地走过很多路，做过很多事，却找不到一个目标，看不到路的尽头。

那段日子让我迷茫了很久，也浪费了许多时间。但还好不是一无所获，至少我终于想明白了何为"救赎"。

如果说，失败意味着梦想的破碎，那成功就意味着梦想破损后的再次聚拢。这番缓慢的过程，即是一场"自我的救赎"。我给它取了一个名字——沙海拾贝。

你见过贝壳吗？外表坚硬，里面可能藏着珍珠，一枚枚地埋在沙滩底下。人们都希望找到最大最亮的那颗珍珠，所以必须亲自动手，刨开粗粝的沙子，撬开坚硬的贝壳。但是，不是所有贝壳里面都有珍珠，绝大多数贝壳其实都是空的。那怎么办呢？只能放下，再找下一个贝壳。于是，人们只能不断地重复这一系列动作——刨开沙子，撬开贝壳，再刨开沙子，再撬开贝壳……可能你永远也找不到一颗黄豆大小的珍珠，但是你知道——贝壳里面有珍珠，不是这一个就是下一个。

　　史铁生老师当年将大段的生命与时光漫布在地坛的每一处角落，我想就是这样一个沙海拾贝的过程。后来我看过电影《肖申克的救赎》。当我看见安迪用二十年的时间洞穿监狱的围墙，细碎的石子从他口袋里滑落时，我更加坚信——所谓"自我救赎"，即是一个沙海拾贝的漫长过程。

我和老妈那些事儿

我受我老妈的影响很深，但从性格到习惯，从爱好到志向，我们都大不相同，甚至完全是反着来的。

老妈怀孕时，不沾荤腥，炒过肉的锅子再炒菜，她闻了一准犯恶心。外婆万般无奈，只得另买一只锅子，给她单独吃小灶，还一边炒菜，一边数落老妈，说："肚子里欠下肉，将来保准生个肉大王……"没想到这句话真的应验在我身上，弄得我现在吃饭都是无肉不欢。

那时，我们家住在平房。每家每户都隔着一道砖墙，门外一处小院，可以种点花花草草。老妈喜欢摆弄这些东西，即使挺着肚子，也不忘给她养的那点儿瓜果蔬菜浇水施肥。别看地方不大，老妈却着实花了不少心思。小菜不说，单讲那两株挺拔的李子树，不知费去老妈多少心血。一到了上肥的日子，老妈就要骑着自行车去很远的地方拉肥料，往往是早晨去，下午才能回来。每次给树浇水，老妈都用花洒，不敢用水管，说是怕水压太大，喷坏了树根。有句老话叫"好树要好土"，老妈特别看重这一点，所以每过两年，她就要给李子树换一次新土。那土都是老妈自己骑自行车一袋一袋驮回来的，她本就身材瘦小，从车上搬运一袋黄土，就显得更加单薄。这般小心伺候着，终于等到了结果之日，树上长出了紫红鲜亮的李子。那又大又圆、又红又甜的，都分给了四体不勤、五谷不分的我，还有旁的兄弟姐妹。而那又小又酸的，老妈也舍不得扔，摘下洗净，搁在锅上蒸，加点儿蜂蜜，放几块冰糖，做成了水果罐头，酸酸甜甜的。老妈说："这就叫化腐朽为神奇。"

老妈对这两株李树能如此费心，实在是因为她对这种树之人，有极深的感情。听说，这李树原本只有一棵，是太姥爷与太姥姥成亲时栽下的。可惜太姥姥去世得早，族中后辈对她几乎全无印象，家里甚至连一张她的照片都没有留下。太姥姥走后，太姥爷舍不得将她的骨灰送回老家，便将它撒进了土里，上头又栽了一棵小树苗。太姥爷说，将来自己死了，骨灰就埋在另一棵李树下，活着过了一辈子，死了也得过一辈子。可能是太姥姥的魂灵有感，那后栽下的李树，竟比前一棵长得更加粗壮，结出的李子也更大更甜。

外婆总共生了五个孩子，上面两个女儿，下面三个儿子，我妈排行老二。那时，外婆刚刚生下最小的两个舅舅，双胞胎。家里人口多，粮食短缺，再加上老一辈人都有点儿重男轻女的思想，所以外婆就将老妈和大姨送去那些条件宽裕的亲戚家。正逢太姥姥病故，太姥爷一个人孤苦无伴，当即老妈就被外婆打发了去。这个看似偏心的决定，实际上让我老妈的童年过得十分滋润。

太姥爷每月都有工资，除了吃饭，一个单身汉再无别的花销，所以这点钱都花在了老妈一个人身上。老妈每天早晨上学都能得到一毛钱，那时的一毛钱可以买七颗牛奶糖，她就和班里另一个女生约好，两个人每天轮流掏出一毛钱来买糖，那天轮着谁掏钱，谁就能分到四颗，对方吃三颗，第二天则反过来，这样两个人就每天都有糖吃。据说太姥爷一个人会讲四五个民族的语言，他跟那些少数民族的关系极好，时常能从外面带回来一些特色糕点，给我老妈大饱口福。太姥爷栽花种地、宰杀牲畜，无所不通，无所不会。每次帮那些当官的人家宰杀一只羊，都能分到一个羊头或者一块羊排。老妈现在经常念叨："那羊头汤做得……唉，现在再也吃不着了！"

老妈十二岁那年，太姥爷因为肝硬化去世，老人家死时肝脏腹水，肚子圆得如同皮球一般。自知大限已到，太姥爷拖着沉重的病体，不顾家人反对，执意去照相馆拍了一张正规的遗像。他把自己的照片连同口袋里的十几元钱，一并交给了我老妈，说是留给她买糖吃。老妈颤颤巍巍地接过照片和零钱，不知道该说什么。她说她当时一直以为太姥爷的病只是暂时的，一切还会恢复如常。却没想到，当天晚上太姥爷就一言不发地离去——他是在睡梦中死的，没有一丝痛苦。家人遵其遗愿，将他的骨灰撒在另一株李子树下。

太姥爷走后，老妈学着他的模样，也伺候起那些花花草草，虽然弄得不好，但是那两株李子树倒也活了几十年。要知道，普通的李树活个三五十年，早已被虫吃鼠咬得衰败不堪。而这两株李树却反其道而行，势头越长越好。虽说这品种是李树当中寿命最长的"血樱桃"，但是老妈却一直坚信，此树之所以能长盛不衰，全都仰仗亲人的灵魂庇佑。

后来老妈怀了孕，粗重的活儿便不再干了，只是每日在院子里晒晒太阳，或者给花草蔬菜浇浇水。有一回，她坐在院里，手上提着花洒，人却一动不动，一双眼睛直勾勾地朝院墙外眺望，阵阵出神。她看的不是别的，是隔壁人家葡萄架上还未成熟的酸葡萄。老爸看出了端倪，一个平常宁死不讲半句软话的男人，此刻竟也拉下脸来跑去求人，向从前不怎么打交道的一户人家，讨来一串酸涩难当的青葡萄。旁人吃上一颗，酸得立马吐掉，老妈却将整串葡萄分分钟就填进嘴里，连籽儿都未吐，只留下一句："味儿是够了，就是少点儿，没吃过瘾……"

老妈从来不是一个娇气的女人，直到临产的前一天，她还挺着大肚子坐在那种旧式的小马扎上洗衣服。别人家的孕妇去医院，那都是前呼后拥的，而老妈始终是独来独往。若不是医生要求必须有家属陪护，她一般都不爱麻烦旁人。

我经常觉得自己就是大人们常说的那种"讨债鬼"——生下来就是给别人找麻烦的。这一点似乎在我还未出世就已经有了预兆。别的孕妇做产前检查，往往只需一遍，而我却让老妈白白做了两回。那是临产前的最后一次拍片，老妈一个人拿着片子，从CT室回到妇产科。科室的女医生接过片子，匆忙扫了一眼，便说片子拍错了，没见过这么大的头。没办法，老妈不得不大着肚子，回到CT室再重拍一次。过了一会儿，片子出来了，CT室的医生说，没拍错，就这么大。老妈听了，又回到产科，拿出第二次拍的片子，讲了确切的结果。女医生摇摇头："那生不出来，准备剖宫产吧！"

老妈生我时，羊水浅。手术刀下去，我那未见天光的脸颊上，留下了三道鲜明的伤口。护士把我抱出手术室之时，特意用被单盖住脸上的刀伤，可是鲜血还是透过被单，染得一片红。当年的人，法律意识淡薄，旁的未敢多想，只是担心这孩子会不会就此破相，将来讨不上媳妇儿。幸而随着年岁的增长，伤痕慢慢淡去，几近于无。否则，以我自尊心之重，断然无法允许自己带着一张卡西莫多般的丑脸继续生活。

说来也巧。在我出生之前，育婴房里的婴儿，将近百人，却无一名男婴。于是在医生和护士之间，我就被冠以"花花公子"的称号，此后二十年一直深受其累，常以此为由，遭人戏谑。后来有一次，老妈隔着育婴房的玻璃，对我说："小皇帝，你总算出来了！这后宫三千佳丽等你等得好苦啊……"

长到六个月的时候，有人发现我与寻常人家的孩子稍显不同。说这孩子太老实，不踢不蹬不翻滚，不是好兆头。老妈说，老实了好，老实孩子带着省心。那人忧心忡忡地说："只怕省心在前，费心在后。"

再往后的事情，不必一一细说了。陌生与茫然、痛苦与隐忍、希望与失望的治疗过程，如同一支支画笔，描绘了我幼年时期的全部时光。那时，族中长辈劝解老妈，让她再生养一个，其言下之意就是放弃对我的抚养。许是生意人的天性，大概认为投入和回报不成正比吧。只是老妈听完，转身便走，她说："不管孩子怎样，既然我把他生下来，我就要把他养大。老天夺走他多少，我就用爱来弥补他多少。"老妈说这句话时，她心里下了多大决心，做了多少准备，我这支笨笔写不出万分之一来。我只能告诉你，她是这么说的，也是这么做的。而且，她做到了。直到我六岁以后，家里才添了一个妹妹。彼时，我已能用简单的方式向这个世界表达自己的喜好。

　　记得那时，家里没有空调。一到夏天，屋子里热得如同蒸馒头的笼屉。电风扇即使开到最大挡，吹出的风依旧带着一股令人虚脱的热流，能把人闷得冒出烟儿来。实在热得急了，我就坐到院外的李子树下。浓浓的树荫泛着凉意，空气中还飘散着李子酸甜的香气，动动鼻子就能知道这是夏天的味道。我光脚踩在晒得滚烫的石阶上，沙砾粗糙，痒痒地硌着脚心，老妈说可以按摩穴位。到了晚上，空气潮湿，蚊子也比白天多了不少。老妈点起一支蚊香，挂在树梢上，然后搬把摇椅坐在旁边，一边扇着扇子，一边说："来，给妈讲个鬼故事！"

　　"在很久很久以前……"我一边讲着故事，一边仰头看着天上的星星。那时的夜空，纯净如水，繁星密布，如同水晶漂流在深色的湖面。我慢慢说着，慢慢看着……慢慢地，我就睡着了……

绝路上的桥

记得小时候，我偷过一次东西。那是我有生以来第一次"犯罪"，可能也是最后一次。

那时，我尚住在乡下，跟爷爷奶奶一起生活。周围有几户人家，小孩比我大几岁，都已上学。每天早晨，我能透过雾蒙蒙的玻璃窗，看见几个男生女生赶着上学的身影，到了下午，他们又从这条路上放学回家。我那时的愿望，就是能跟他们在一起玩，哪怕是坐在旁边听他们聊天，我都会觉得特别高兴。可是他们从来都不带我。不仅是因为他们的年龄比我大，更重要的是他们的游戏（足球、篮球、骑车、滑板），我都无法参与。

后来有一天下午，我像往常一样坐在院子里，突然有四个脸色煞白的男生从远处飞奔而来。他们每人手里提着一个撑得滚圆的黑色塑料袋，看样子很沉。我喊住他们，问他们手里拿的是什么。这一问才知道，原来是他们从别家偷来的、还未长熟的西瓜。我问是在谁家偷的，其中一个带头的叫小野的男生低声细语地说，是在老王头的西瓜地里摘下的。

听到"老王头"三个字，我心里顿时一紧。

没容我再多想，小野问我家里有没有人，我说没人。他提出要在我家里躲一下，要是看见老王头追上来，要我替他遮掩过去。当然了，不让我白干，事后作为回报，我可以跟他们一起分享那几个比苹果大不了多少的西瓜。对于小野这个提议，我当时感到非常兴奋，也有点紧张，但最后还是咬咬牙，一口答应下来。

我之所以会同意，当然不是眼馋那几口西瓜，而是因为这件事第一次让我觉得自己跟他们是"一伙人"。这样的感觉是我以前从未体会过的。我一边在院子里等着老王头，一边想象着等会吃西瓜的时候自己应该说什么，我甚至已经想到将来如何跟小野他们统一口径。

就这么过了大概五分钟，我看见老王头手里握着一根藤条，气势汹汹地走了过来。他瞪着一双差点将眼眶撑裂的眼睛，问我有没有看见几个小孩，他们往哪去了？我说没看清是谁，只看见他们往那边（我指了一个相反的方向）去了。老王头警告我，说如果我撒谎，他等会儿回来就要打断我的腿。我说随便，反正我的腿也没什么用，别打脸就行。

老王头走了以后，小野和另外三个男孩蹑手蹑脚地从我家走出来。确定对方真的走远了，他们才算是松一口气。

小野擦了擦脸上的汗珠，带着那三个男孩就转身离开了。我问他去哪，他说回家。我说他不是还要给我分西瓜嘛。他哈哈一笑，说要是我能追上他，他就给我吃。说完，小野带着他们几个人奔向一座台阶，背影渐渐地远了。

当时，我坐在轮椅上，不能去追。若是去追，轮子撞向台阶，肯定是要翻车的。但那一刻，我真想去追。我想要翻车，我想要摔倒，我想要流血，我唯独不想就这么看着他们离开……

我就像一个受了委屈的孩子，鼻尖一酸，眼泪不可遏止地涌出眼眶。透过泪水的扭曲，我仿佛看到面前那座台阶变成了一道墙，轻易地将这世界一分为二，将我们分成两个不同世界的人。

后来，小野因为偷东西这事儿，被他爸打得遍体鳞伤，那三个男生也都受到了不同程度的惩戒。而我，因为撒谎，不仅受到严厉的训斥，外加一盒酒心巧克力被全部没收。

从那以后，我就对"跟别人一起玩"这种事儿，没有多大期待，也没有多大兴趣了。我开始学会一个人玩游戏：一个人组装乐高积木；一个人拼2000块的拼图；一个人打小霸王游戏机——那时我最喜欢玩的就是《忍者龙剑传》，因为那是单人游戏。

再到后来，父母从外地带给我进口的变形金刚。在别人还没听说过擎天柱和大黄蜂的时候，我已经把它们摆在了自己睡觉的床头上。到了下午，我还要在院子里开一会儿遥控赛车。过去是我托着腮帮子，看小野他们在空地上踢球；现在是小野他们抱着脏兮兮的足球，围成圈儿看我开赛车。如果有人想借我的玩具，我会面带微笑地回答他：不行！当旁人围成小圈子，谈笑风生的时候，我不再试图融入他们的谈话，而是一个人在旁边静静地读书。等到大家各自聊完，我的一本书也刚好读完了。于是，常有不明者夸道："这孩子真是爱读书。"

其实我知道，自己不是一个爱读书的人，只是缺少一个不读的理由。

有时候我会想，自己在小野他们的眼里，是不是一个"特立独行"的人？或许算不上"特立独行"，但至少是一个"独特"的人。无论是我的身体、我的玩具，还是我的习惯，都与他们显得大不相同。

但，这是我想要的吗？决然不是！

我曾经一度陷入迷茫无助的精神沼泽，而且越陷越深。每天早晨起来就情绪低落，甚至一场大雨都会使我充满悲伤。而令我感到如此煎熬的一个问题就是：假如学业、事业、爱情、婚姻、家庭、子女、健康是评价一个人不同阶段、不同时期最重要的衡量指标，那么失去这一切的人，是否还有存在的价值？如果仍有价值，那么他的价值应该用怎样一把标尺来衡量？

站在时间的制高点审视过去的自己，我发现有时候人们之所以感到迷茫、痛苦和无助，很大程度上就是因为我们找不到一个合适的标尺来衡量自己的价值。我们不确定自己所做的事情到底有没有意义，也不知道做什么事情才算是有意义。因为不知道自己该做什么事情，所以我们对自己存在的价值都会产生怀疑。毕竟，面对整个社会的评价体系，渺小的我们实在显得太微不足道、不值一提了。这也是为什么我们总是特别羡慕那些"特立独行"的人。因为他们不需要在社会的评价体系中苦苦挣扎，也不需要用普通人的价值标尺来衡量自己。他们有一套自己的评价体系，有一把专门衡量自己的价值标尺。他们在自己的世界里活得洒脱而自在。旁人可以羡慕，却永远也学不来。唯一值得我们思考的就是，那些"特立独行"的人，是如何变得"特立独行"的？那些"特立独行"的人，彼此之间是否存在共性？而那些向往"特立独行"的人，又是如何走向庸俗与浮夸的？

　　我相信，这世上没有任何一个真正"特立独行"的人，会将"特立独行"当作自己的本意。而刻意追求"特立独行"的人，最后都不免沦为一个哗众取宠的俗众。只因，"特立独行"不是一种行为，不是一种气质，不是一种追求，更不是一项能够供人思前想后的选择。它是一种反抗，是一种受到强大压迫之后，内心深处产生的反抗意识。这种压迫通常来自两个方面——环境与精神。前者如王小波，后者如黄家驹。

　　就像王小波自己说的："我总觉得自己有一种写小说的危险。"正是那种极度压抑的成长环境，才能造就王小波后来天马行空的文学激流。而同样作为"特立独行"的人，黄家驹则与王小波有所不同。当谭咏麟和张国荣等人的"软情歌"充斥香港乐坛，街头男女都唱着小情小爱而"背弃理想"的时候，家驹没有像一般音乐人那样，用廉价的伤感情歌来向这个时代献媚。他带着自己的才华与梦想，远赴日本。最后以生命的方式，传递出一种永不妥协的音乐信仰。就像《海阔天空》中唱的："背弃了理想，谁人都可以，哪会怕有一天只你共我。"对黄家驹来说，音乐既是人生的勋章，又是灵魂的桎梏。

　　他们一个受到外在环境的压迫，一个受到内在精神的压迫。两种不同的压迫却使他们成为同一种人——一个奋起反抗的人，一个"特立独行"的人，一个敢于挑战禁忌的人，一个敢与世界为敌的人。他们对旁人的眼光视而不见，对世俗的评价充耳不闻，对浮华的虚名轻蔑一笑，对无耻的陷害冷静回击。他们并非是对这个世界充满仇恨。恰恰相反，他们是太爱这个世界，他们希望这个世界跟自己一样真诚而善良。

越是与世界为敌的人，越是渴望世界对他的认同。

作为一个普通人，我们与其考虑要不要当一个"特立独行"的人，不如先想想自己是否受到任何一种压迫。没有压迫就没有反抗，没有反抗，"特立独行"就无从谈起。而你一旦有幸或不幸地成为一个"特立独行"的人，所失去的一定比你得到的更多。你想过普通的生活，就会遇到普通的挫折。你想过上最好的生活，就一定会遇上最强的伤害。这世界很公平，你想要最好，就一定会给你最痛；你想体会"特立独行"的潇洒，首先就要失去平凡纯朴的欢愉。

"特立独行"就像是绝路上的一座桥。行走于桥上之人，早已被命运逼向绝境。

如果有可能，我更希望这世上没有所谓的"特立独行"。我们不必再人云亦云，也不必再哗众取宠。每个人都能随心所欲地表达自己的喜好，毫无顾忌地追求自己的梦想。所有人能够作为一个独立的个体而得到尊重，不用为了博出位而标新立异，不用为了活得体面而苦苦挣扎。更重要的是，不会再因为一个无法踏上的"台阶"而眼睁睁看着别人离开。

　　我希望，每个人因为平凡而独特，却不因为独特而平凡。

每个人都有自己难以启齿的一面

我的家乡，曾经流行过一种游戏。那时，吃一包干脆面，里面会赠送一张圆形硬卡。卡片上印着花花绿绿的图案，有葫芦娃、孙悟空、奥特曼、圣斗士、黑猫警长，还有成龙，反正是电视上流行什么，上面就印什么。这些卡片可以用来相互斗卡，用自己的卡把对方的卡敲翻就算赢，获胜者就可以拥有对方的那张卡。这游戏的成功之处在于，充分地调动起每个人的收藏欲望和竞争意识。我们一帮臭小子拼命地吃，吃得满嘴长泡，就是为了能存一摞卡片，然后一较高低。

当时，我们每个人都有好几套卡。我的卡片最多，大概有十几套，要用塑料桶才能装下。但是，住在我隔壁的一个小男孩，他叫小冰，跟我一样大，家庭条件很差。他只有一套卡，是一套灌篮高手。你要知道，灌篮高手算上赤木晴子，也最多只有九张而已。所以，我们没有一个人不嘲笑他，甚至不带他一块玩。

我想，他当时的心情一定是自卑的。

不过，后来的事实证明，自卑的人不该是他，而是我们。小冰就是拿着那九张灌篮高手，几乎赢走了我们所有人的卡。他敲卡的技巧极其迅猛，完全是一次一个。我们当时全都惊呆了……

后来我才知道，小冰的爸爸是一个木匠，他用薄木片做了九张卡给小冰。上面的图案是小冰照着小商店的海报，自己拿水粉笔画的。呵呵，你想想，我们的卡片是纸质的，小冰的卡片是木质的，无论是分量还是材质，我们都是没有胜算的。

那一刻，我感觉自己的人生都是黑暗的。因为我没有一个当木匠的爸爸。

后来，老妈出差，从北京给我带回来很多画着肌肉男的卡片。我当时觉得这人物真丑，身材不如奥特曼有型，眼神不如黑猫警长有神，甚至连胳膊上的肱二头肌，都不如成龙的大鼻子看起来顺眼。直到几个月以后，看过表哥从录像厅借来的几盘录像带，我才知道原来这两个肌肉男都是有名字的，他们一个叫史泰龙，一个叫施瓦辛格。

不过丑归丑，当我把卡片握在手里时，心脏还是猛然一跳。我知道自己这回终于可以战胜小冰了，因为那些卡片，是金属的。

事情的结果和我预想的完全一样。我不光用这两个肌肉男翻了本，还替自己的狐朋狗友赢回了属于他们的东西，还有那九张木质的灌篮高手，也倒在了施瓦辛格那副终结者的金属面孔之下。

当时的我很仗义，有恩慢慢还，有仇立刻报。为了给大家出一口气，也为了展示自己的优越感，我当着所有人的面儿，把那九张灌篮高手扔进了火堆里。我们几个人围坐在火堆旁，看着樱木花道火红的头发在同样火红的火光里慢慢变黑、发焦，最后变成灰烬被风吹走。

那一刻，我看见小冰用袖子抹着不想被人发现的眼泪。

后来，小冰再也没跟我们一起玩过斗卡。时间一长，我们也就把这事儿给忘了。

直到有一天，小冰骑着一辆漂亮的山地车从我们身边疾驰而过。他扭头看向我们这群手里拿着一堆破纸片的土鳖，脸上露出某种得意的笑。我们不知道他到底在笑什么，但是我们都一致觉得——这小子真是帅呆了！

几天以后，我们都听说小冰的水粉画获得了市里举办的美术大赛儿童组的第一名，将来可以当作特长生进市重点中学。他爸高兴，给他买了一辆山地车当作奖励。

几米说过："每个人都有一双翅膀；有的人长在脚上，有的人长在手上，有的人长在头上，有的人长在心上。翅膀长在哪里，你的天赋就在哪里。"

残缺也好，不完整也好，每个人都有自己难以启齿的一面。但是说真的，没有人会在乎你。人们不会对你的缺陷念念不忘，人们只会在你最春风得意的时候，突然想起来："哦？那家伙不是少两根手指吗？这也能办到，好厉害……"

你失败一千次也不会有人记得你，因为人们只会记住你成功的一次。

村上春树是严重的"梦游病人"

我一直认为村上春树是最不像"作家"的作家，他或许更像是一个得了"梦游症"的患者，每天沉溺在自己的"独我意识"中，创造出一个又一个拥有"独我意识"的人物，以虚无缥缈的对白攫住少数读者的感情——虚无却不乏神奇。

村上春树的小说有一种游离于现实之外的虚幻，也同样有一种沉淀于幻境之中的真实；读他的小说时，你会感到自己是在倾听一次无比贴近生活的亲身经历，但只要你把意识从故事当中抽离，你就会发现它有多么荒谬可笑，可是在几秒钟之前你还陶醉其中，无法自拔。

这就是村上春树的魅力，也是我说村上春树更像是一位"梦游病人"的原因所在，他的作品具备一切梦的特点，就是"真实与虚幻交错"。

　　看过《盗梦空间》的朋友可能记得，影片中莱昂纳多告诉我们："我们都知道梦是假的，可是我们在梦里却相信那是真的。我们都相信现实是真的，可是你怎么能肯定这不是另一场梦境？"是的，我们无法确定自己究竟是否生活在梦境里，也无法确定自己究竟是真实的还是虚幻的，毕竟我们没有一个"陀螺"般的图腾。我想，这句话放在村上春树的小说中是再合适不过的了：我们都知道羊男是虚幻的，但你怎么能确定自己在羊男的眼里不是虚幻的呢？

　　或许就像村上春树自己说的："我的小说只是把我的梦延续下去而已。"我们在村上春树书中得到的一切信息，都来自他本人的梦境。可以说村上春树是一个"梦的延续者"，也可以说村上春树是一个"梦的创造者"，而我们作为读者，本身就是他庞大恢宏的梦境里，一个小小的"投影人物"而已。

人终有一死，现在的奔波劳累有什么意义？

从网上看完一个火葬场遗体火化过程后，震惊之余，也开始思考死这个谁都躲避不了的事。人生短短几十年，既然最后终归都要化成一小盒骨灰，那么人为了学业、工作、房子奔波劳累还有什么意义？

不知道有人拿出那么几个伟人照是何用意？但是我觉得这并不能很好地解答题主的问题。单拿乔布斯来说，乔布斯只有一个，他是否伟大和我们毫无关系。也许你能比乔布斯更伟大，但是你永远不能成为他。因为乔布斯只有一个。这和活着的意义有何关系？甚至可以说，这个回答是在告诉人们放弃活着。

纵然你是一代天骄，坐拥天下，到头来不过化作一抔黄土；纵然你是绝代佳人，艳冠群芳，到头来不过是一具白骨。

但是，难道因为死亡是人生的终点，我们就要放弃生命的过程吗？

在这里，我也想举一个例子，他是一个凡人，没有乔布斯那么伟大。

这个人就是我的大伯。

我大伯是一个酷爱登山的旅行家。他的左腿曾在下山时摔断，如今需要拄拐才能勉强行走。他现在每年都要爬两座山，他说："如果自己六十岁以前还能动的话，一定要到珠峰上去踩两脚。"

爬山是一个漫长的过程、痛苦的过程，而登顶不过是一个短暂的瞬间、几秒钟的满足。为了一个短暂的瞬间和满足，他需要付出多少时间和汗水？他的付出和收获能成正比吗？他能因为自己登上世界所有的山峰而免除死亡吗？能让他的腿恢复健康吗？

不能！他终究免不了一死，那条断腿将会伴随他一生。

既然如此，他为什么还要爬山？

既然如此，难道他就不爬山了吗？

爬山的过程，就是人生的过程。

生命是一次宝贵的机会。上帝选择了你，你就要珍惜这次机会，否则你就对不起那些被你淘汰的、在虚空中游荡的灵魂。

人生在世，多吃一口饭，多喝一口酒，多认识一个姑娘，就说明你够本了。如果你能学有所长，业有建树，被人依靠，被人信赖，那就是你赚到了。

你问我："活着的意义到底是什么？"

我告诉你："再不疯狂，我们就老了！"

改变世界，需要切口

　　朋友时常发牢骚："我为什么觉得这个世界有那么多不好？"

　　其实，不是世界有多么"不好"，只是不如我们想象当中的"好"。人类从诞生之日起，就对身边所有的事物充满了改造的欲望，力图使一切事情按照自己的意愿，来改变它们原有的存在形式；这种欲望并没有随着时间的推移逐渐淡漠，反而愈加强烈，但效果往往差强人意；世界并没有因为你的祈求或者抱怨而有丝毫改变，哪怕只有一次。

　　每个人曾经都或多或少地希望过，依靠自己的力量使这个世界变得"更好"，但是又有几个人愿意为了世界，哪怕是为了生活，真正使自己做一些改变呢？人人都希望有"超级英雄"来伸张正义，但是又有几个人愿意成为"超级英雄"来帮助别人呢？其实，我们最清楚自己究竟具不具备"改变世界"的能力，但我想说的是：我们愿不愿意为了"改变世界"去努力。成功者和平庸者的最大区别就在于：前者都会为自己的行动去找理由，后者只会为自己的懒惰去找借口。

我对我的朋友说："你的家庭，你的情感，你的事业，你的人脉，你的理想，对于你来说就是整片天空，但它们对于这个世界而言，不过就是'一纳米的蓝色'而已。"世界的恢宏与广阔，远远超出我们每个人的想象，在与世界的比照之下，我们的生活渺小得不足挂齿。所以，要改变世界，我们需要的不是决心与口号，也不是愤怒与抱怨，而是一个看得见、摸得着，并且是每个人都触手可及的"切口"，而这个"切口"，就是我们自己。

改变世界的第一步，首先是改变我们自己，还有自己的心态；我们要把自己当作这个世界的一部分，而不是将自己凌驾于整个世界之上；我们要把别人的轻视和讥讽，变成我们进取和学习的动力，而不是在网络上毫无意义地"泄愤"；我们要在经历挫折和失败后，检讨我们自身的不足和错误，而不是去指责社会以及体制的不公。要明白：墙，永远为大多数人而设；门，只会为少数人而开。世界即使有诸般"不好"，但我们依然要在这样的环境中生存下去，既然如此，为什么不让我们自己变得更积极、更乐观呢？

很多人抱怨："我在学校里学的根本都是一些没用的东西！"那既然这样，为什么不安排时间，让自己去学一些你认为有用的东西？马云说过："管理的最高境界，不是管理别人，而是管理自己。"那么我在此基础上延伸一下：管理自己的最高境界，不是管理自己的行为，而是管理自己的时间。俗话说："一寸光阴一寸金。"如果一个人能够游刃有余地去管理自己的时间，那么证明这个人已经把时间的价值"最大化"；如果一个人连自己的时间都没办法掌控，那他谈"改变世界"就是在痴人说梦。

可能，我们一生都无法改变天空的"形态"，但是我们至少可以改变自己的"形态"；我们可以选择不做那"一纳米的蓝色"，我们可以选择做一颗太阳；我们的出现会给世界带来光明，我们的离去会使世界陷入黑暗；我们所要做的不是刻意去改变世界，而是让世界不由自主地被我们感染。

所以，别再把精力放在那些你力所不及的事情上面。把自己当作世界的"切口"，从下一秒开始，改变自己，改变心态，改变时间，改变生活，改变……

一觉醒来的幸福

　　我特别佩服友范。同样是站在二十岁的人生台阶上，跟她相比，我就是一只慢吞吞的蜗牛，她则是一头装了涡轮增压的牛。

　　我第一次见到友范，是她快死的时候。

　　当时我得了肺部感染，呼吸科没有空余床位，只能暂时住在急诊科。友范是第三天晚上来的。时间是半夜两点，当时外面还下着雨。她躺在移动担架上，被几个护士推进病房，然后打上吊瓶，插上氧气，细长的针头扎进皮肤，从动脉血管中抽出深红色的液体。这期间，她惨白的脸上没有丝毫表情，就像是一个死人。

　　友范昏迷的时候，她老公就站在床边。一个二三十岁、浓眉大眼的男人，左手拿着手机，右手捏着银行卡和医保本，两只眼睛红得像是喝了人血，样子看起来凶狠又冷酷。

　　医生问他，友范有没有癫痫病史，她是怎么昏过去的。他摇摇头表示没有。说友范是喝了一大瓶白酒 —— 自杀。医生愣了两秒，问他友范以前喝过没有。他说喝过，最多一杯。他说这酒是他在乡下打的散酒，62度，他们那里最能喝的壮汉也只能喝半瓶。那医生听完，咽了一口唾沫，然后喊来护士说准备洗胃，顺便通知透析室，如果第二天醒不来就要进行透析。

护士出去了一会儿，回来时手里拿着一大瓶黑色的液体，瓶口连着一根比输液管更粗的透明软管。另一位护士用一个形状奇特的金属物，非常轻松地撬开了友范紧闭的嘴巴，然后把软管顺着喉咙插进去，瓶中的黑色液体就开始飞快下降。我不知道那液体的成分是什么，只听说普通人灌下两百毫升，胃里就会翻江倒海，呕吐不止。但是那瓶液体即将流尽之时，友范仍然毫无反应。最后护士推来一台机器，把刚才灌进胃里的液体，连带着酒精和胃液，一股脑儿全吸了出来。但是友范依然一声不吭，死气沉沉，让人怀疑她喝下的究竟是烈酒还是毒药。

护士取下点滴瓶，换上体积更大的一瓶液体，说这是高纯葡萄糖，打完这瓶，看她天亮能不能醒来吧。

友范的老公点点头，说了一声谢谢。

护士出去以后，病房里似睡非睡的几个患者，都一个个爬起来，纷纷扭头看向友范。我也是其中之一。

友范的病床在房间右下角，紧挨着窗户。我住院的三天，那张病床死了六个人，如果当时有人说她是第七个，我丝毫不会感到意外。

"这丫头，还是个娃娃呢……"不知是谁，嘴里突然冒出这么一句话。借着橘红色的壁灯，我才发现那张床上昏迷不醒的女人——不！是女孩，居然还是一个稚气未脱的模样。小巧的圆脸，略带婴儿肥的下巴，被雨淋湿的黑色长发紧贴着脸颊，五官虽不精致，却也找不到缺陷。你很难把她和婚姻联系在一起，也无法想象她会选择自杀，而且是以喝酒这样荒唐而又壮烈的方式。

友范是因为吵架才会自杀的。她老公跑去外面打牌，她在家抱着五个月大的儿子，不停地打电话给他。可是电话拨出去被挂掉，再拨出去又被挂掉，好不容易接通了，友范顿时一股浩然怒气喷出胸腔，说你再不回来，信不信我带着儿子死给你看。这种威胁她老公听了几百次，所以根本没在意。他说你死可以，但是把我儿子留下。说完就挂了。

她老公半夜回家，进门看见友范躺在地上。他以为她在装死，还上去轻轻踢了两脚，结果没醒，又使劲踢了两脚，还是没醒，再使劲踢两脚，直到自己脚都疼了，友范都没醒。他低头看见沙发下的空酒瓶子，这才意识到事情的严重性，于是立马背起友范，打车来到医院。后来的事情，你们都知道了。

半夜，医生走进病房，看见那瓶高纯葡萄糖还剩下三分之一，说这瓶葡萄糖滴完，友范如果还没醒来，就要送进ICU（重症监护室）。他低着头问医生，说友范没什么问题吧？医生说现在不好判断，要看情况，如果情况好的话，明天就能醒来，如果不好，她会睡很长一段时间。

医生大概看出友范家不在城里，所以出于好意提醒，说住进ICU的费用可能会有点高，平均每天花费在五千元左右，心理和经济方面都要做好准备。

我本来以为友范的老公会像电视里演的那样，脸上表现出一副"怎么那么贵，能不能再便宜点儿"的诧异表情来。但是没有。他的表现极其沉静，就像一尊没有表情的石像。他告诉医生该怎么治就怎么治，他会想办法筹钱。他说友范变成这样都是因为自己，她还那么年轻，她父母就她这么一个女儿，他们俩还有一个不到半岁的娃娃。她要是睡不醒，他就伺候她一辈子，可是他怎么给她父母赔一个活蹦乱跳的女儿，又怎么给自己儿子赔一个喂奶的妈呢……

他说话的声音越来越小，越来越微弱，让人难以听清。

医生走出病房之后，友范的老公就开始打电话到处借钱。五千，三千，两千，一千……最少数额到了三百。

那天晚上，友范的老公一直没闲着。他给友范按摩四肢，护士说这样能加速她的血液循环，有助于尽早恢复意识。他们的衣服被雨淋湿，他害怕友范感冒，就用热毛巾替她擦了身上。他向护士借来棉签，沾上热水浸润友范干裂的嘴唇。实在无事可干了，他就坐在床边，用手轻轻梳理友范凌乱的头发。

不管那个"一辈子"的承诺能否实现，至少在那一刻，我愿意相信这个男人说出的每一句话。我想所谓的"幸福"，大概就是眼前这幅画面吧。当你的人生即将陷入黑暗，却有人甘愿陪你走向黑暗深处。什么人生啊、理想啊、爱情啊之类的，说到底不就是为了找到一个愿意陪你走向黑暗的人吗？

可惜，人就是这么贪心。我们总想找一个愿意陪自己共患难的人，大家一起共富贵。所以我们不幸福。贪心的人，永远都不会幸福。

友范醒来的时候，已经是第二天上午了。当时我还在吃饭，病房里突然嗷的一嗓子，吓得我满嘴鲫鱼刺硬生生地吞进肚子里。随即而来的就是友范躺在床上大哭大闹的声音，她不停地喊热了热死了，同时用脚狂蹬被子。如果不是她老公和护士把她按在床上，我猜她会立马掀开被子，然后带着导尿管下床裸奔。

比较有意思的是，友范并不是我见过的最能喝的女性（我老妈年轻时，比她能喝），但她绝对是我见过撒酒疯时间最长的，没有之一。整个上午，她就像一台老式收音机一样，频繁地转换于谩骂和哭闹这两个节目之间，而且还是地方台，不说普通话。到了晚上，友范的神志稍有恢复，第一句话就是质问她老公："你把我儿子弄哪去了？他才五个月大啊……"然后就是各种拳打脚踢。她老公被逼无奈，终于奋起反抗，端起杯子说："你喝点水再骂吧，口干。"

老妈说，这小伙子算是栽了，以后再也不敢跟老婆吵架了。友范在急诊科住了一夜，花了五千块钱。几个实习的小护士笑说，拿五千块钱买衣服买包包，或者出去美吃一顿，不比什么都强，何必花五千块钱买罪受。

隔天，友范就搬去其他病房了。她离开急诊科的时候，正好是早上。太阳已经升起，她却还没睡醒。她老公用被子轻轻盖住她的眼睛，然后跟护士一起，小心翼翼地把她推出病房。

我看着窗外的阳光，一种莫名的温暖，一点都不刺眼。也许幸福有很多种，但是那刻，我突然觉得幸福变得特别简单。

幸福就是一觉醒来，窗外的阳光依然灿烂。

地狱在身后

前几日，意外感冒。今早起床，头痛欲裂。两次测量体温，第一次三十六度八，以我多年生病之经验判断，这个体温一定不准。果然，第二次换了一根体温计，三十七度四，升了零点六度，低烧。回想昨夜，突然醒来，胸口仿佛压了一块巨石，每次呼吸，如同千万枚钢针在肺叶间穿梭，当真应了那句话：呼吸都是一种奢侈。

几天以前，小熊给我写了一封信。她问我，一个人活着到底有什么意义？我们为什么要忍受那么多痛苦？

我没有回复她。因为我无法解答她的问题。换作过去，我会告诉她："活着什么也不为，就是为了活着本身而活着。"这是余华在《活着》一书中的观点。可是，并非所有人都能如我一般，将"活着"作为一项伟大的事业。更何况现在，连我都对这个观点产生了质疑。正如书中描述的，亲人会死去，朋友会背叛，梦想会破灭，信仰会崩塌，将"活着"的希望寄予其中任何一个，都是靠不住的。然而，生命终究不是一粒尘埃，不可能在真空的世界里随意飘浮。它是一粒沙子，在汹涌的海浪中挣扎，在愤怒的烈火中灼烧。它无能为力，却不是无所作为。我们被一种无形的力量牵引，带着迷茫和麻木，奋力向前。

但是，这种力量究竟是什么？

昨天夜里，在我痛苦万分的时候，我又开始重新思考这个问题。我想起老妈曾经说过一句话："你咽下的药，扎过的针，吃过的苦，受过的罪，不都是为了活着吗？你若是畏缩了，胆怯了，不想活了，那从前吃过的苦就白吃了，受过的罪就白受了，所有付出的代价，都变得毫无意义了。你甘心吗？"

是的，我不甘心。这种感觉就像你问我为什么要写作一样。我会挽起袖子给你看，手臂上有长时间写作压出的、无法消散的淤青。我未必能成为一个作家，未必能写出让自己满意的作品，但是我必须坚持写作这个行为，因为我不想让自己身上的伤痕变得毫无意义。看着这些淤青，我就能想起曾经的日日夜夜，想起曾经的自己。若放弃写作，则是对之前付出的一切表示否定。

也许，人们的坚持，往往不是因为相信未来，而是他们不想背叛过去。

梦想如此，活着亦是如此。

我总是幻想，人间就是一条长长的大路，每个人都是一只背着重壳的蜗牛，壳里装着理想、誓言，以及所有关于过去的执念。我们在路上爬行，寻找传说中的天堂。能够坚持到底的人，很少；半途而废的人，很多。但无论是坚持，还是放弃，这两种人活得都不轻松。那些坚持的人，哀叹希望的渺茫；那些放弃的人，却已经失去了希望。

> 那时我们有梦，
>
> 关于文学，关于爱情，
>
> 关于穿越世界的旅行。
>
> 如今我们深夜饮酒，
>
> 杯子碰到一起，
>
> 都是梦破碎的声音。
>
> ——北岛

也许我们无法明白"活着"的意义，但是我们已经为"活着"付出了太多代价；也许我们无法实现自己的梦想，但是我们已经为梦想流下了太多泪水。我们能做的，仅仅是在这条路上走得更远，绝不能回头。天堂未必在前方，但地狱一定在身后。

谈读书

虽然我不知道自己为什么要读书，但我觉得这是认真生活的表达方式。

你为什么读书？

其实读书根本不需要理由，因为抱着一个功利的目的读书，你最终一定会感到失望。屡次失望就会带来兴趣的消磨，什么事情一旦失去兴趣，再美好的事物都会变成一种折磨。

记得国外曾经做过一个实验，说读书是各种学习方式中，效率最低下的。读一本书带来的收获，并不比你看一部电影、做一次旅行、听一节公开课、进行一场有效沟通得到的更多，而且以上方式都比读书来得更加轻松自在。

所以我的读书态度就是：想读就读。就这么简单。不要纠结于一个读书的理由或者目的。

我的书龄不长不短，今年刚好十个年头。从我十岁起第一次独立阅读长篇小说开始，我始终保持着每天不少于四个小时的读书时间。我有一段读书速度达到神级的日子，平均每天阅读量十万字，最高一次是早上九点到晚上九点，十二小时读了二十一万字。此后再难超越。这件事情证明，读书最好的方式就是：远离手机和网络。

我热爱阅读，不像大家的理由那样光辉璀璨，其中多少有些无奈。出于身体原因，我从小就不能走路，所以也没有上学。因为没有上学，所以朋友极少，大多是家里的亲人以及儿时的玩伴。朋友们总说我有点自负，其实他们哪里明白，我的自负，正是源于自卑。过去，每当看着身边的同龄人一起出去逛街、滑雪、跳舞、打保龄球，我都很想说一句：我也想去。可是我仅有的自尊心却不允许自己向人示弱。我只是淡淡地告诉他们：我不喜欢出去玩，我喜欢躺在床上读莎士比亚。

久而久之，读书就成了我的一个习惯。而随着时间流逝，曾经的朋友大多有了各自的学业、事业、爱情和他们自己的生活，但我的世界里，只有那些隽永的文字和古老的书籍陪伴我。如今我可以坦白地说，最初读书很大程度上是为了装酷，现在读书更多是为了了解自己不知道的世界。我一向唾弃"天赋论"，如果上天真的赐予每个人一种天赋的话，那我想自己最大的天赋就是"对未知事物抱有一种生吞活剥的好奇心"，看见一本没读过的书，我就想一口气翻到底，读到一句喜欢的文字，我就会反复阅读，恨不能出口成诵。这一切没有任何理由和目的，仅仅是因为热爱。而且我也明白，认真读书，认真生活，这是我唯一能做到的事情。

十岁时阅读的第一部长篇小说，是从姐姐家借来的《梦里花落知多少》，当时觉得很有趣，过了两年觉得很无聊。喜欢过一段时间的日系推理小说，诸如江户川乱步、东野圭吾、岛田庄司、松本清张、横沟正史、宫部美幸等人，都是我偏爱的作家。十二岁以后，基本上都在阅读金庸、古龙、黄易、梁羽生、倪匡等人的作品，尤其是金庸先生的大作"飞雪连天射白鹿，笑书神侠倚碧鸳"，我都看得十分着魔。十四岁左右，有幸拜读过几位俄国硬汉的作品，诸如契诃夫、托尔斯泰、高尔基、奥斯特洛夫斯基等等。十五岁是我人生的一个转折点，是我经历过最痛苦和最黑暗的日子。陪我度过那一时期的是各种人物传记，我不是看他们如何攀上辉煌的顶峰，而是看他们如何度过人生的低谷。我如今的价值观、人生观和世界观，我想都是在那时形成的。

对我比较重要的作家有两个，一是史铁生，二是周德东。史铁生老师的那本《我与地坛》，不知道陪我度过了多少个夜晚，它在我心中的地位，不亚于《圣经》在基督徒心中的神圣。而周德东这个悬疑小说家，是第一个在写作技巧上给我带来启示的人。他的悬疑小说传递给我的不仅是故事，还有人与生活的戏剧性。

其他书籍不知一时该从何提起，或者根本没有必要提起，那些走马观花读过的书，不提也罢。

如今，我更喜欢阅读古典文学，没什么理由，只是兴趣变了。我从来不看网络小说，即使看，也是等到几年以后，人家都看完大结局了，我才从头开始看，什么《鬼吹灯》《盗墓笔记》《明朝那些事儿》都是如此。我曾经按自己的喜好，把所有书分为"优、良、中、劣"四个等级，结果发现光是"优"的书，我这辈子都读不完。所以，我不愿意将自己本就有限的时间，浪费在那些尚未经过时间检验的书上。

旁人说我读书很多，对于这一点，我是不认可的。我反倒一直认为，自己读过的书，真的少之又少，知识面也狭窄得可怜。这绝不是读书人惯有的谦虚，而是我心里的实话。我对读书的理解，早已经在自己的日记中写过：读书不光不能增长我们的见识，反倒更加暴露我们本身的无知。世界是庞大的，你所掌握的那点儿自以为是的知识，仅仅是沧海一粟而已，甚至对整个世界而言，它根本不配称为"知识"，那不过就是一点儿必不可少的生活常识。说到底，每个人都是一只坐井观天的蛙，仅此而已。

　　我说了这么多，不知道题主满不满意。其实我想表达的东西，只有一句话：人生本就短暂，与其把时间花费在"我为什么读书"的问题上，不如立刻拿本书来读一下，我相信你会找到答案的。

当我们谈论读书时，我们在谈论什么？

　　我有一个朋友，他们家是一个典型的知识分子家庭，父母都是大学里的老师。住房不大，三室一厅，八十多平。家里藏书丰富，其中两间卧房各有一面墙壁用作书柜，书房四壁尽是书。饶是如此，他父亲仍说还有一半书尚堆在地下室。据我朋友说，他们家晚上从来不看电视，吃完饭刷完碗，一家人就坐在书房，读书的读书，复习的复习，屋子里安静得很。

　　我朋友就是在这样的环境中长大。他从小读了许多的书，听说上初中以前就把八卷本的《莎士比亚全集》给读完了。他不必翻书，尼采和泰戈尔的大段诗句，他张口就能背诵。他从小学三年级开始，每天坚持练一篇字，他练字不是用字帖，而是抄书。初一的时候，他把用几年时间抄写的《巴黎圣母院》装订成册，那细密的钢笔字让任何一个人看了都会心生惭愧。

也许正是因为看了太多的书，懂了太多的道理，所以本该属于同龄人的娱乐活动，在他的眼里都变成了一种幼稚的行为。他甚至认为这种行为是基于一种无知在作祟。

有一回，学校组织活动。同学都参加了，他偏偏不去。他父亲问他原因，他说："我和他们不是一路人。"他父亲问："怎么个'不是一路人'？"他说："我喜欢看雨果、海明威和福克纳，他们看的都是些金庸、古龙的。"他父亲说："你觉得看雨果、海明威、福克纳的书，比看金庸、古龙的书更有学问？那你倒是给我说说，你还没读过金庸和古龙的书，你是怎么知道的？再者，你能给我说说，雨果是如何理解善与恶的？海明威笔下的爱情表达了什么？福克纳的创作形式给后世的西方文学带来了哪些影响？"

我朋友顿时语塞，一句话都答不上来。

从那时起，我明白了一个道理：书的品质或许有高有低，但必须在你亲自读过之后，才能作出判断。这虽然是一个简单得不能再简单的道理，可是我周围的许多人其实都不明白。或者说他们也许明白，但是没有人能在盲目作出判断之前，真正意识到这个问题。从某种角度上讲，他们判断一本书（不限于书）的依据往往是自己的潜意识，而这种意识又是受外界舆论所导向的。可以说，他们对一本书的价值判断，基本取决于这本书在文化界以及社会上处于一个什么位置。如果这本书是一部常人公认的经典著作且与流行文化有一定距离，那么当他们拿起这本书的时候，就会想当然地认为，自己是拉着圣人先哲的手，一步步地踏入了"文明的殿堂"。而那些流于世俗的凡人，则与他们有着不可逾越的鸿沟。每每想到此处，他们的内心就会升起一丝优越的"孤独感"。他们活在自我建构的"文明殿堂"里，时常自诩自己为"孤独的人"。而我恰恰认为，这些"文明殿堂中的孤独者"比那些热衷于成功学和心灵鸡汤的俗人更加无知。这类人往往自以为到达了无人知晓的广阔世界，其实不过是将自己关进了臆想出的精神牢笼，变成了一名"文化的囚徒"而已。

我曾经不止一次地思考过，到底是从什么时候开始，我们阅读一本书，不再是关心书本身的内容，而是更多地关心起这本书是不是足够深刻，足够严肃，足够掩饰起我们无知的大脑和空虚的灵魂，以及先天不足的文字品位。说得直接点儿，到底是一种怎样的卑怯心理，才会想到要用区区几页书来装裱自己的人格？

一本书的价值如何体现？不是看什么人写它，而是看什么人在读它。如果一部旷世经典落到一位徒有其表的人手中，那即便是《圣经》《史记》《广义相对论》，也不过是变成了装点自己的胭脂水粉，未见得有什么价值。而真正能够将一本书的价值体现出来的，永远是那些充满好奇心和求知欲的读者，永远是那些对知识有着虔诚信仰的读者，永远是那些专注于书籍内容本身的读者，永远是那些热衷于总结、分享与传播的读者。他们对未知事物有着足够的热爱，以至于忘了注意自己拿起这本书时的姿态是不是足够优雅，足够独特。可以说，一个"重其神而舍其形"的读者，才是一个合格的读者。

题主始终谈论的都是自己与他人是如何地格格不入，自己是如何地孤独与痛苦。但是在我看来，这番窘境多半是你自己造成的。首先，你以书取人，将自己和他人分割成两个高低不等的世界，且认为自己优于对方，借此表达对一个三本学校的强烈不认同感。其次，你太过于高估自己。其实不是你无法融入周围的同学，而是你从内心就强烈耻于融入一个三本学校。说得直接一点，你不过是对于一个考上三本学校的自己感到不满而已。这和你读什么书无关，真的无关。

关于你的情况，采铜老师提出的解决方法已经说得很好了。你需要认识更多优秀的人，扩展自己的人脉，加强自己的社交能力。既然现有环境已经无法再满足你，那就要尝试走进更精彩，但也更残酷的新世界。除此之外，你一定要尝试写作，不管是写日记还是写博客，甚至是在知乎写答案，这些都没问题。写作的过程是一个思维整理与归纳的过程，不在于你写了什么，而在于你写了多久，写了多少。举一个例子：假如你的名字就是知乎的一个专栏，发稿频率是一周一篇，关注者就是专栏的发行量，赞同数和感谢数就是读者的反响，评论就是读者的来信，那么作为专栏的作者，你该如何维护这个专栏的品牌？又该如何保证写出高质量的内容？在大局已定（各领域的大牛）的知乎江湖，默默无闻的你如何才能闯出一片天地？你读了那么多书，此刻它们能帮你解决几个问题？如果一个都解决不了，它们能否成为你创作的素材？在实践的过程当中，你发现自己的短板是什么？

思考上述这几个问题，难道不比你整日无病呻吟地咀嚼那点儿"孤独感"更有意义吗？

说到底，你读书，不管是一千本还是一万本，那只是消费。而写作，哪怕只有一个字和一句话，那也是生产。生命是短暂的，要学会利用有限的时间，书写关于自己的历史。

我常常想，一个人年轻的时候，就像一块干瘪的海绵，要想尽办法去吸收更多的水分，这么做就是为了有朝一日能够释放自身的能量。而一块不懂得释放的海绵，即使吸收再多的水分，也最多只是一个臃肿的水货而已。

对生活不满，对人生不满，对自己不满，那就努力成为一个让自己满意的人，而不是拿书来说事儿。书，只能是书，不能是别的。

看《百家讲坛》和看书，哪个好一点？

我经常遇见有人提问关于"××能不能代替××"之类的问题。我本人就曾经回复过两个类似的问题：

·看书可以丰富一个人的社会阅历吗？如果可以，要看哪些书？

·看美剧有益吗？你们从美剧中学到了什么？

我们大多数人总是有一种非常不好的习惯：当我们在学习（工作）过程中遇到某些阻力或者瓶颈时，第一时间不是去想怎么克服困难，解决问题，突破瓶颈，而是喜欢思考如何才能"绕道而行、曲线救国"。这种行为不是不可以，如果能达到目的，谁不希望轻松一点呢？可是问题在于，我们选择"取巧"的动机到底是什么？是迫不得已还是懒惰成性？这才是我们应该认真思考的。

　　比如，喜欢看《百家讲坛》的节目，这本身没什么问题。我过去也喜欢看《王立群读史记》《易中天品三国》等等。但是，我们看的动机是什么？这个很关键。我的动机很简单：中午吃饭的时候没事干，就当听评书了。可是如果我们是因为读《史记》读不进去，读《三国志》读不进去，所以才来看《百家讲坛》，那这个动机就很有问题。这就相当于我们每天早晨听半小时英语广播，听不懂就换杰克逊的英文歌，听一会儿又变成了《爱情买卖》。越学质量越低，越听越不入流。所以，如果有人问我：如何利用知乎学习？我会告诉他：关机，看书。

　　当然，学习的方式有很多种，不一定非要通过读书。但是历史是一个已经形成整体性和系统性的学科。之所以能够成为一门学科，正是因为它已经有一套相对完备的学习资料，以及经过几代人反复推敲的学习方法，这是最直接也是最简单的学习途径。以我十年读龄悟出的一个浅薄道理来看：一切抄捷径的行为，最后被证明都是在走弯路；一切阻挡我们的困难都应该正面解决，因为那才是走直线。

　　如果仅仅是想了解历史，那怎么读都无妨。但是如果想认真学习，那还是应该走正途。更何况史书是千年精华之凝聚，是学点儿皮毛即可受用一生的财富。而大众媒体给你提供的不过是迎合市场的消遣品，不要被它国学的外衣所蒙蔽，误以为看电视就能够代替读书。

我有一个读书的自我规定：但凡遇到不懂的知识，想尽办法也要弄懂，哪怕它毫无用处；但凡遇到内容艰深的书，一定要找到关于此书的入门书，为他日之阅读作一番铺垫。

读书也好，做事也罢，都不应该有畏难情绪，而是应该迎难而上。越是读不懂，越是有读懂的必要；越是有必要读懂的书，读过以后的收获就越大。知识的价值与其掌握者的人数是成反比的。含金量越高的知识，掌握者必然越少；掌握者越多的知识，其价值也就越低。

看过《易中天品三国》的人，不下百万！可是看过《三国志》的人，能有几个？易中天老师讲了五十多集，一集不到40分钟，共计2000分钟。这2000分钟把《三国志》说通讲透了吗？未必。可是易中天讲的那些内容，《三国志》里基本都有。

物以稀为贵，读书亦是如此。为什么我经常说"网上没有知识，只有信息和常识"，因为互联网上的东西，谷歌、百度一下就都出来了，信手拈来，唾手可得，人所共有。这不是知识，是常识和信息，其价值含量很低，只要会用网络，人人都能掌握，人人都能使用。真正的知识，是那些网络上搜肠刮肚也搜不出来的，是那些掌握在少数人手里的干货，是那些说出来砸在地上都杠杠响的。为什么知乎能够在众多SNS社区中独领风骚？就是因为它的机制能吸引来一大批手里捏着干货的大牛，而这些大牛的无私奉献又吸引来一大批像我一样对知识充满渴望的"文盲"。所以，我们学习的目的就是为了循序渐进，慢慢掌握那些多数人都无法窥探的知识。

读书一定不要畏难。

难，是一件幸事。

难，如同一道门槛；跨过门槛，你就和身后的普通人拉开了距离。

有人说，读书也要讲资格、讲缘分。读不懂《偶像的黄昏》，说明你没有资格读尼采，说明你和尼采没有缘分，所以你就不应该读尼采。

对于这样的观点，我是不敢苟同的。

读书的过程就像爬楼梯，总有一些书籍在楼上俯瞰我们，也有一些书籍在楼下仰视我们，还有一些书籍跟我们保持在同一层台阶。每当我们拿起一部深奥的作品，便如同抬步上楼一般——怎一个"累"字了得！

但是如果因为怕苦怕累，我们就止步不前，不仅不"更上一层楼"，反倒为了图轻松而走下坡路，这不正应了那句老话——"黄鼠狼下崽，一窝不如一窝"了嘛！

　　读不懂尼采，可以读哲学史。像一个侦探般，去书里寻找对尼采影响最大的人。追根溯源，找出西方哲学的发展脉络，了解他们的哲学思想，以及他们的学说对后世产生了哪些意义深远的影响。这时，你再读尼采，总要好过当初吧？即便仍然读不懂，那也无妨，说不定你此时已经恋上康德了！

　　读书，翻开诵读就好。读不懂，想办法读懂。无关的，不必多说，更不必多想。

读书越多会越孤独吗？

首先，普及一个基本知识：

> 孤：幼而无父；
> 独：老而无子。
> ——汉语词典

孤独有真伪之分。毫不客气地说，现代人的孤独都是装出来的。因为孤独的标准实在太高，一般人没资格孤独。人际交往上受点儿挫折就喊孤独，那是心理脆弱，与孤独无关。所以，任何人的孤独，如果未达到汉语词典所解释的程度，皆是伪孤独。

言归正传。

作为一个热爱读书的人，我认为你不会读书。虽然从直觉上判断，你读的书可能比我要多，但是我仍然认为你不会读书，至少是白读了。

在知乎，我回答过很多类似于"因为博览群书而感到孤独"的问题，所以我不得不旧话重提：当我们谈论读书时，我们在谈论什么？

韩寒说："我们懂的越多，越发觉自己像这个世界的孤儿。"这句话听起来一点都没错。但是当我把这句话反复咀嚼之后，却发现一个问题：到底是读书使人产生孤独，还是人们渴望从书中寻找到孤独？

我们上学要去重点学校，我们考试要背标准答案，我们选专业要考虑就业形势，我们工作要拼命拿全勤，我们结婚要筹钱买房子，遇到红白事儿我们要随礼，逢年过节我们要赶春运……这些事情不是某一个人在做，而是整个社会都在参与，就好像无数双机械臂，把我们捏合成流水线上的合格产品。

为什么我们总是感到孤独？因为我们太渴望孤独，我们太希望自己和别人不一样，我们太希望自己获得与众不同的优越感。所以，我们潜意识里就在试图变得孤独。为什么《假装的艺术》会如此畅销？因为本质的孤独难以拥有，而外表的孤独却易于操作。你虽然看了很多书，但是你和周围的普通人还是一样的。因为你没有看懂书，看懂了就不会问这个问题。你读过的书不仅没有化作强大的内心力量，甚至都无法替你解开人生困惑，唯一的功效就是多了几件演绎孤独的戏服。

以我浅薄的阅读经验来看，人世间的书，无非是赞扬真善美，批判假恶丑。阅读这样的书，你只会感到生活的美好与珍贵，不会长久地陷入孤独——除非是你刻意寻找孤独。

读书有哪些"危害"？

这世界上有太多人，以为翻过一本书就是读过一本书，以为读过一本书就是读懂一本书，以为读懂一本书就是实践一本书。正所谓"知行合一、行胜于言"，但是有太多人一知半解，也有太多人光说不练。

记得在知乎的某一个文学群，一位只读过《挪威的森林》和半部《海边的卡夫卡》的文艺男青年，给大家聊日本的传统文化。我不否认这世界有天才存在，但是我同样不能理解，一个人仅凭两本书就可以聊日本文化。就像是一个人只读过《唐诗三百首》，就敢说中国古典文学的发展历程一样，滑稽而可笑。

我想就这个问题，谈一谈自己的观点。

作为一个自幼卧病在床的"职业病人"，读书带给我的好处是不言而喻的。

如果没有读书，我可能是一个大字不识的文盲；如果没有读书，我可能认为世界就是家到医院的距离；如果没有读书，我可能认为生活不过"吃喝"二字；如果没有读书，我可能一生都无法经历那么多人物带来的感情。

但是，读书带给我的好处，恰恰是它带给我的最大"危害"。如果没有读书，我就不会对人生产生期待，那样就更容易获得满足；如果没有读书，我就不会了解世界是多么精彩，那样就不会向往独自远行；如果没有读书，我的心中就不会孕育出那些蓬勃跳动的梦想，那样就不会轻易感到失望；如果没有读书，我可能永远都不明白两个人的甜蜜，那样就不会尝出一个人的苦涩。

假使我是一个智力归于零的智障者，那我就不会因为梦想的遥远而黯然神伤，也不会因为爱情的渺茫而伤心欲绝，更不会因为一腔豪情的无处宣泄而郁郁寡欢。如果我失去思考的能力，我相信自己会比现在过得更幸福。

但是，这样的人生还值得活着吗？如果连痛的滋味都不知道，那才是真正的绝望。

说到底，甜和苦都是人生的一种滋味。

读书的好处是启迪人类的思想，"危害"是思想带来的痛苦。无论是好处还是"危害"，它们就像甜与苦一样，都是人生的一种滋味。

读张爱玲是否要比读张小娴"高档"？

　　既然题目问的是"张爱玲和张小娴，谁比谁更高档"，那我认为有必要将问题的具体内容解释清楚，而且必须拆分开，一步一步地推导。

　　我们先说第一个问题：

第一，读什么？是读书还是读人？

　　如果是读人，那读张爱玲当然比读张小娴要"高档"。因为张爱玲是死人，张小娴是活人；张爱玲的作品数量是有限的，张小娴的作品数量是无限的（除非是作者封笔）；有关张爱玲的历史资料是一天比一天少，有关张小娴的历史资料是一天比一天多；张小娴是在不断地向这个世界发送信号，张爱玲的信号却越来越难以捕捉了。正所谓"物以稀为贵"，就读人而言，张爱玲当然比张小娴更"高档"，活人的研究价值也永远比死人更"廉价"。

如果是读书，那我们就要引申出第二个问题：

第二，书是什么？书和书的区别是什么？

假如评价一本书的价值是用"高档""低档""中档"的"三档制"评价体系的话，那么怎样的书能算作"高档"的范本？怎样的书能算作"低档"的教材？怎样的书能算作"中档"的典型呢？"三档制"评价体系又是以什么为衡量标准的呢？制定这些标准的人又是代表谁的呢？这些人能不能代表这个国家（我就不说世界了）的大多数人？或者说，制定标准的这些人能不能告诉全中国的阅读者，什么是"高档、低档、中档"的书籍？如果我们按照问题一的坑爹逻辑来说，那是不是年代越久远的书就越"高档"？那是不是曹雪芹比莫言更"高档"？是不是吴承恩比曹雪芹更"高档"？是不是李白、杜甫比吴承恩更"高档"？是不是孔子比李、杜更"高档"？那是不是甲骨文在国人的品位史上已经到了"山登绝顶我为峰"的至尊级"高档"了？

一本书的价值是不能用具体标准来评判的，因为找不到一个能让众人都心服口服的统一标准。假如我觉得曹雪芹就是个屌丝（不用打引号），那也没什么不对的，因为那是我心中的衡量标准；假如我觉得安妮宝贝在中国文学史上占有里程碑（上帝，原谅我吧）式的重要意义，那同样无可厚非，因为那还是我心中的衡量标准。

其实，人们经常讨论哪本书更"高档"，不是因为他们真的喜欢这本书，而是因为他们幻想成为读过这本书的人。也许是某一天，她骑着自己两千块钱的爱玛电动车回家，路过街边的星巴克时，透过玻璃橱窗看见一位与自己年纪相当的姑娘，喝着36元的意式咖啡，提着3600元的LV，穿着36000元的Dior，开着360000元的MINI Cooper，碰巧对方桌上摆着一本张爱玲的《金锁记》。于是她便想当然地认为张爱玲和那些明码标价的商品一样很"高档"了，她也想成为玻璃橱窗里那样的人，可是从哪开始呢？买一杯咖啡尝尝？不行，喝一次就没了，太费钱。买一个LV的包包？不行，那可是自己一个多月的工资。买一件Dior穿穿？不行，自己的房贷还没着落呢。买一辆MINI开开？呵呵，没钱！

所以说，读什么书是次要的，核心目的是想成为读过这本书的人。不管是张爱玲还是张小娴，都不过是一本书而已。这个社会不会将书分为三六九等，但是一定会将读书的人分为三六九等。凡事要"透过现象看本质"。人为地将一本书看作所谓的"高档"，其实是自己将自己贬作了低档。是的，不用加引号，低档就是低档。

从这个问题上，我们可以看到社会与个人的价值观缩影。从什么时候开始，一本书的内容已经不再是我们所关心的了，而是关心当我们拿起这本书时，自己在别人眼中的姿态是否优雅？

看书可以丰富一个人的社会阅历吗？

我在知乎上多次表达过一个观点：书，只能是书，不能是别的。现在很多人总是误以为，读书能带来许多改变。而且认为这种改变是革命性的，能把一个不学无术的人，变成一个博学多才的人；能把一个不善言谈的人，变成一个能说会道的人。其实这样的可能性，极小。

读书固然能给人带来改变，但是这改变尚不足以使人脱胎换骨。即便能带来某些改变，也需要付出漫长的时间和极大的毅力，就像契诃夫的《打赌》描写的一样。

读书的改变是潜移默化的，不是立竿见影的。当你抱着"改变自己"的心态去读书时，过一段日子你就会发现自己其实改变很小。而当你真正全情投入知识的海洋时，你才会不知不觉被书里的思想塑造得更加完善。

　　所以，看书能不能丰富一个人的社会阅历，这不好说。但是可以肯定，"纸上得来终觉浅，绝知此事要躬行"这句话用在此处，必然没错。

　　想丰富自己的社会经历，最好的方法当然还是走向社会。卖报纸，送快递，搬仓库，不管这份工作有没有技术含量，它都足以让你认识这个社会，而且比读书认识得更深。

　　书，只能是书，不能是别的。

没时间读书怎么办？

关于读书的问题，我已经回答过很多次了。其实道理就是那么几个，多说几遍也不怕别人说我炒冷饭。

总是有很多人喜欢问："没有时间读书怎么办？读书心不静怎么办？"

我不知道这些人口中的"时间"是怎样的概念。但是我认为，一个再忙碌的人，一天24小时总能有1小时的空余时间吧，哪怕不是连续的，至少也能是累计的。难道不能用累计的零碎时间来读书吗？古人谈读书有"三上"："厕上、马上、枕上。"现代人读书也应该有"三上"："车（公交车）上、队（排队等候）上、网上。"这些都是时间，为什么不读？这个世界上除了学生，没有人是拿专门的时间来读书的，家庭与工作才是一个人生活的主旋律。拿专门时间来读书，未免太过奢侈。不会利用空余时间读书的人，即使有大把的时间也不会读书。

至于"心不静"的问题，我也不知道心情跟读书到底有什么直接关系。就我自己而言，高兴了要读书，难过了要读书，悠闲了要读书，烦躁了要读书，喜悦了要读书，愤怒了要读书，情人节要读书，清明节要读书，大年三十也要读书。读书的理由只有一个：自己每天读书的承诺还没兑现，所以要读书！跟那些乱七八糟的东西无关。

其实，来到知乎以前，我一直认为读书是一件很简单的事情。书嘛，拿起来就可以读了，有什么难的？但是来到知乎以后，我发现那些自认为读不下去书的人，多得超乎想象。理由也是花样百出，但中心思想都是一个：客观环境影响主观意志，所以自己读不下去书。

这是一种懒惰的、拖延的、好高骛远的心理在作祟。这种人，就像一只青蛙蹲在无知的深井，整日仰望珠穆朗玛峰顶上的智慧，所付出的努力就是隔三岔五的几声聒噪而已。

想读书，就要认真对待读书这件事，不要把读书当作生活的点缀，而是当作生活的习惯。

读书是一种习惯，是一种态度。就像一天三顿饭，到点就要吃，吃不着就心慌，要主动找食儿吃，而且非吃着不可。等吃到嘴里，安心了，泰然了，该DOTA就DOTA，该睡觉就睡觉。

你先问问自己，有这种习惯吗？

如果没有，那么问题就简单了。首先，我们要培养一个读书的习惯。

从现在（别跟我说明天）开始，每天拿一个小时的时间用来读书。别人是一天24小时，你是23小时，始终有一个小时要留给读书，这是雷打不动的。不管多么不想看，也要拿本书坐那坐一个小时，要培养读书的定性。

其次，不要以为看几本书就能让一个人起到脱胎换骨的功效，更不要以为读几本书就能让一个人变得有思想、有内涵，思想是顿悟，内涵是熏陶，这两样都不是从书上能学来的。要做好读一辈子书也只能当个愚人莽汉的心理准备。

阅读永远是一场孤独的旅程，考验的是你有没有决心和耐心走到生命的尽头。

读书笔记：如何阅读一本书？

读书四问 /

一、这本书的主题？

讲述阅读的四种层次，以及每种层次所需要的、截然不同的阅读方法。

二、作者的主要声明与论点？

作者提倡的阅读方法可以归纳为以下五点：

（一）带着问题阅读，时刻不忘在书中寻找问题的答案。

（二）高速阅读，以最短的时间了解一本书的全貌，然后决定是否值得再次阅读。

（三）解构内容，以笔记的方式，列举全书的大纲。

（四）海量阅读，深度阅读同一领域里的经典著作。

（五）思考与评价，要有足够坚实的理由去赞同或者反对一本书，否则不要轻易评价。

三、这本书说得有道理吗？

有一定的道理，至少给原来不求甚解的读者当头一棒。但是作者的思想有点片面，阅读方式对文学作品也有一定的局限性。

四、这本书与自己的关系？

以前自己更多注重阅读感受，现在明白理性阅读也很重要。

引文摘要/

一、阅读过程中的四个问题

（一）这本书在谈什么？作者如何依次发展主题，如何从核心主题分解出关键议题。

（二）作者说了什么，怎么说的？找出主要的想法、声明与论点。组合成作者传达的特殊讯息。

（三）这本书说得有道理吗？是全部有道理，还是部分有道理？为这本书作出自己的判断。

（四）这本书与自己的关系？这本书提供的资讯有什么意义？为什么这位作者认为这件事很重要？自己真的有必要去了解

吗？如果还启发了自己，就有必要找出其他相关的含义或建议，以获得更多的启示。

二、阅读的四个层次

（一）基础阅读

（二）检视阅读

（三）分析阅读

（四）主题阅读

三、基础阅读必备的四种能力

（一）词义的认知能力

（二）信息的查阅能力

（三）读写的记录能力

（四）对未知事物的好奇心

四、检视阅读的两个阶段

（一）简略的阅读

1. 先看书名和序言，特别注意副标题或其他的相关说明，然后将书在脑海中进行归类。

2. 研究目录页，对书的基本架构作概括性的理解。

3. 检阅索引，快速评估一下这本书涵盖了哪些议题的范围，以及所提到的图书种类与作者。

4. 阅读出版介绍、广告文案、宣传文案。

5. 从目录当中挑选几个与主题息息相关的篇章来读。如果这些篇章在开头或结尾有摘要说明，就要仔细地阅读这些说明。

6. 跳跃式阅读，寻找主要论点的讯号，留意主题的基本脉络。最后阅读后记。

（二）粗浅的阅读

1. 关注自己理解的部分，不要因为一些暂时难以理解的东西而停顿。

2. 快速阅读一部陌生的书，尽量选择默读，避免阅读过程中视线的逗留或倒退。

3. 学会判断一本书的难易程度，以此决定自己的阅读速度。

五、分析阅读的三个阶段

（一）第一阶段：找出一本书在谈些什么的规则

1. 依照书的种类与主题来分类。

2. 使用最简短的文字说明整本书在谈些什么。

3. 将主要部分按顺序与关联性列举出来。将全书的大纲列举出来，并将各个部分的大纲也列举出来。

4. 确定作者想要解决的问题。

（二）第二阶段：诠释一本书的内容规则

1. 诠释作者的关键字，与他达成共识。

2. 从最重要的句子中，抓住作者的重要主旨。

3. 知道作者的论述是什么，从内容中找出相关的句子，再重新架构出来。

4. 确定作者已经解决了哪些问题，还有哪些是没解决的。再判断哪些是作者知道他没解决的问题。

（三）第三阶段：像是沟通知识一样地评论一本书的规则

1. 智慧礼节的一般规则

（1）除非你已经完成大纲架构，也能诠释整本书了，否则不要轻易批评。（在你说出"我读懂了！"之前，不要说你同意、不同意或暂缓评论。）

（2）不要争强好胜，非辩到底不可。

（3）在说出评论之前，你要能证明自己区别得出真正的知识与个人观点的不同。

2. 批评观点的特别标准

（1）证明作者的知识不足。

（2）证明作者的知识错误。

（3）证明作者不合逻辑。

（4）证明作者的分析与理由是不完整的。

注意：关于最后这四点，前三点是表示不同意见的准则，如果你无法提出相关的佐证，就必须同意作者的说法或至少一部分说法。你只能因为最后一点理由，对这本书暂缓评论。

六、主题阅读的两个阶段

（一）观察研究范围

主题阅读的准备阶段：

1. 针对研究的主题，设计一份试验性的书目。

2. 浏览书目，确定哪些与主题相关，并就主题建立起清楚的概念。

（二）主题阅读

阅读第一阶段收集到的书：

1. 浏览所有在第一阶段被认定与主题相关的书，找出最相关的章节。

2. 根据主题创造出一套中立的词汇，带引作者与你达成共识，使大部分的作者都可以用这套词汇来诠释。

3. 建立一个中立的主旨，列出一连串的问题，使大多数的作者为解读这些问题提供了他们的回答。

4. 界定主要及次要的议题，然后将作者针对各个问题的不同意见整理、陈列在各个议题之旁。

5. 分析这些讨论。以凸显主题为原则，把问题和议题按顺序排列。议题以其共通性来决定排列的先后顺序。解读某个作家对一个议题的观点时，必须从他自己的文章中引一段话来并列。

七、读书笔记的方法

（一）画底线 —— 在重点或重要又有力量的句子下画线。

（二）在画底线处的栏外再加画一道线 —— 把你已经画线的部分再强调一遍或是某一段很重要，但如果要画的底线太长了，便在这一整段外加上一个记号。

（三）在空白处做星号或其他符号 —— 要慎用，只用来强调书中十来个最重要的声明或段落即可。你可能想要将做过这样记号的地方每页折一个角或是夹一张书签，这样你随时从书架上拿起这本书，打开你做记号的地方，就能唤醒你的记忆。

（四）在空白处编号 —— 作者的某个论点发展出一连串的重要陈述时，可以做顺序编号。

（五）在空白处记下其他的页码 —— 强调作者在书中其他部分也有过同样的论点或相关的要点，或是与此处观点不同的地方。这样做能让散布全书的想法统一集中起来。许多读者会用"cf."这样的记号，表示比较或参照的意思。

（六）将关键字或句子圈出来 —— 这跟画底线是同样的功能。

（七）在书页的空白处做笔记 —— 在阅读某一章节时，你可能会有些问题（或答案），在空白处记下来，这样可以帮你回想起你的问题或答案。你也可以将复杂的论点简化说明在书页的空白处。或是记下全书所有主要论点的发展顺序。书中最后一页可以用来作为个人的索引页，将作者的主要观点依序记下来。

简评/

读书是一种习惯，也是一种技巧，更是一门技术。一个人读书，不是说他逐字逐句地念过一遍就能叫作"读书"，那顶多算是翻书。人家说，"想到"和"得到"之间，还有一个词叫"做到"。读书同样如此，"读过了"和"读懂了"之间，还有一段距离，而"读懂了"和"做到了"之间，也有一段距离。这本书就是告诉你一个如何才能"读懂"一本书的方法，至于能否"做到"，这需要看一个人的执行力，以及他的实践精神。与其说这是一本实用性的书，不如说是一本"成功学"的书。在这个"知识创造财富"的时代，如何能够更高效地获取知识，并将其转化为个人能力，才是一个人成功的重要资本。

杂项 /

【扩展阅读】

《四种阅读方法》

（本文摘自网络博客"战隼的学习探索"）

一、精力分配法

70%的书，略读，翻翻目录挑重点读。（做补充）

20%的书，通读，抓中心，形成一个体系架构。

7%的书，把书读薄，再读厚，做笔记。

3%的书，可以读一辈子的书。

二、系统读书法

围绕一个感兴趣的主题，挑选1—2本主读（7%或20%类），再挑选3—4本副读（20%或70%类），然后做思维图，形成一个知识体系。

三、读书四步（鸟瞰法）

（一）读书前准备

明确自己的阅读动机（如我为什么要读这本书，对这本书涉及的内容我有哪些疑问，这本书占我总系统的什么地位），选择合适的精力分配。

（二）通览初翻一遍书

1. 这本书我知道多少，不知道多少。

2. 每一章的重点问题和概要是什么，哪些需要重点看，哪些不需要看。我要带着什么问题去看。

3. 这本书脉络怎么样，作者的写作思路和写作结构是什么样。

（三）重点笔记（三块法）

1. 笔记A（脉络思维图）

2. 笔记B（重点和我需要的地方）

3. 笔记C（我的体会和分析）

（四）归类

把这本书的信息放在总的知识结构中。

四、启示

（一）不要被细节吓坏，90%的书知道个大概就好了。剩下10%的书，80%的内容也是知道大概就好了。

（二）知识爆炸社会，要像老鹰逮兔子，只取自己需要的知识，马上飞走，不要贪多贪杂。

（三）知识不经过系统整理，就像没有编织过的稻草，一冲就散了，白读。

（四）记笔记时可以记录章节、页数，避免笔记太细，影响复习。

（五）阅读的几个重点

1. 带问题和目的去读，不迷失。

2. 做好脉络整理。

3. 和作者的反馈（读一章问自己，写得对不对，对在哪里，不对在哪里，对自己的问题有没有帮助，有没有值得向作者学习的地方，有没有自己以后要避免的错误）。

4. 带入知识结构内。

（六）增加阅读速度：中间指扫法。

（七）对理解困难的地方，中心词逻辑法。

阅读需要：果断、勇敢、坚定。

如何利用互联网自学？

写在前面

有很多朋友写私信和E-mail问我："我应该怎么读书？读不进去怎么办？读了记不住怎么办？记住了用不上又怎么办？"关于类似的问题，我每天可以收到十几封信件。但是碍于时间和精力有限，我真的很难每封信都单独回复。所以借着这个问题，我将一次性回复给所有人。不敬之处，还请见谅。

我会把自己所有关于读书和学习的方法，系统地梳理出来，然后一字不落地分享给大家。这些方法不是我原创的，而是通过各种渠道获得，然后经过实践，再根据自身情况做出的整合与修改，最后成型。我不能保证适合每一个人，甚至不能保证方法的合理性。我唯一能够保证的就是——有效。

最后，这个方法只适合那些对学习和阅读有强烈欲望，并且有一定自控能力的人。如果你是一个必须依靠别人督促才能主动去学习的人，完全可以跳过本文不看。

首先，一个人自学，很难。这个难，不是难在学习途径和学习工具，而是难在没有考试，没有人来检验你的成绩。考试的优点在于，它能够告诉你此刻应该学什么。为什么有的人一晚上就可以背下整本书？因为有考试。只要有考试，就一定有重点；没有考试，也就没有重点；因为没有重点，所以全是重点。这就是经常有人问"我想学习××学，请问有什么建议""自学××学，应该怎么开始"之类问题的原因。他们寻求的所谓建议，实际上就是希望有过相同学习经历的人，能够给他们画出一个重点，否则就不知道应该如何开始。

其次，自学是一个非常枯燥而且漫长的过程。你花三个月去钻研一个领域，不会觉得自己有什么提高，但肯定会遇到自己难以突破的瓶颈。许多人走到这个程度就放弃了，因为他们会开始怀疑自己，动摇自己——这是我真正的兴趣吗？我的天赋是不是不在这儿？不然为什么我学得这么困难？要不然尝试一下别的领域？说不定会有新发现。——于是，他们从一个领域跳到另一个领域，然后再次重复以上过程……

学习遇到瓶颈，其实是一件再正常不过的事情。就像一个奔跑的人，迟早会撞到阻挡自己前进的墙壁。如果遇到墙壁就转弯，那你跑一辈子也跑不出这间房子。所以，无论你面向何处，你要做的就是想尽一切办法，翻越自己面前这堵墙，千万不要转弯。墙内和墙外就是两个世界，业余和专业就是一墙之隔。

所以，自学的第一步就是要解决这些问题。具体的解决方法，基本可以概括为以下四点：

一、制定计划，设立目标

计划是长期的，目标是短期的。无论学习什么，你都要先制定一个长远的计划。计划之下，再由多个短期目标组成。也许你的计划制定了三年，只执行了六个月，可是如果你不制定计划，那你也许就只能坚持三天。一个人如果没有具体目标，其实很容易受到内外因素的双重干扰而放弃。绝大多数人的半途而废，起因都是自身的迷茫与浮躁，因为他们空有热情与想法，但是缺少计划与蓝图。

长期计划

以一个三年的学习计划为例。你希望自己三年后在该领域能达到一个什么样的水平？你这三年内要阅读该领域的哪些书？你这三年内要掌握（指不必查阅）该领域的哪些知识？你在三年后将把这些知识用在何处？有没有衡量自己学习质量的标准？诸如此类。

要把计划列成一个详细的清单，而且要注明时间和完成期限。如果有两个人一起学习，相互监督就最好了。

三年后，这个学习计划到底能不能完成，其实并不重要。它只是一个方向，告诉你，此时此刻你还有多少事情没做，让你一刻也别闲着。而这个学习计划的核心，也就是它的关键之处在于，你全力以赴地执行了多少？是不是真的学了？是不是真的懂了？是不是真的会了？如果是，那这三年的时光，你赚了！

短期目标

（一）细化制

把一个三年的学习计划，按照某种规律（逻辑、类型、阶段等）分成三份，安排到每一年；然后再把每一年的学习内容细化，安排到每一个月；再把一个月分为三个周期：第一个十天，第二个十天，第三个十天，十天就是一个周期。确定这个周期学习什么，下个周期学习什么，以此类推。

最后，再画一张每日工作表，自己每天晚上计划一下第二天的学习内容。看自己每天能用多少时间来学习，如果是两个小时，那么这些时间能够学习多少内容，比如读几页书，写几千字，整理几张笔记，收集哪些资料……这需要视个人情况和能力而定。千万不要一开始就做太繁重的任务，当然也不能太轻松。太繁重的任务，容易出现抵触心理；太轻松的任务，又很难出效果。所以，最好是那种踮着脚尖就能够到的程度。

（二）奖惩制

短期目标的核心价值在于，清晰明确的奖惩机制。而所谓的奖励和惩罚，实际上就是一种自我限制。

我相信，每个人在一天当中，都会出现某些频率很高的生活习惯，比如，聊QQ，看手机，看美剧，刷微博，上知乎。这些生活习惯，如果不做可能会带来一点麻烦或者不适，但又不会造成很严重的影响，最适合用来当作奖励或者惩罚。

具体方法是，先规定自己每天刷微博或者上知乎的时间总量，比如是五个小时。然后计划自己每天至少阅读二十页书，一旦无法完成，则以一页折算成三十分钟的算法，减去当日或次日刷微博、上知乎的时间。或者给自己增加一个每天运动的项目，比如每天慢跑三十分钟，少读一页则增加十分钟。如果超额完成当天的任务，就可以减去一定的运动时间，或者增加自己的娱乐时间。

奖惩制的关键在于，你有没有强大的执行力，以及自我约束的能力。

可能有的人会说："我在学校听老师的，在公司听领导的，在老家听父母的，在自己家听老婆的。好不容易有点空闲时间，学点自己喜欢的，为什么又把自己画进如此累人的条条框框里？"

没错。细化制和奖惩制的建立，的确会给我们的生活带来很多约束，甚至会产生一种潜在的压力。但是这种轻度的压力，正是一个人自学所需要的。兴趣和决心只能带来一时的学习热情，习惯和计划才是自学的主要形式。我们的懒惰心理与拖延心理，远比自己想象的要强大。就像此刻，可能有一千人看到我的这篇文章，但是保存起来准备实践的可能不到一百人，而这一百人真正能落实到行动上的，顶多几人而已。绝大多数人可能就是存起来，从此遗忘在电脑硬盘里。

二、记录分析，定期调整

记录

任何学习计划都不是完美的。尤其是刚刚开始学习的人，对新的学习领域不了解，往往低估眼前的学习内容，却高估自己的学习能力。所以，需要建立一个学习记录表，每天记录和观察自学过程中的一切变化。比如，你一天读二十页书，连续三天轻松完成，那是不是就能证明，你实际上还学有余力？是不是可以从二十页增加到二十五页？再比如，你一开始每天学习两小时，后来发现可以增加每天的碎片时间进行学习，同样是碎片时间，在公交车上读书和排队等候时读书，同样的时间内，哪一个环境下的学习质量更高？

记录的重点，一定要放在时间和内容上，目的就是观察自己在相同的时间内，如何能够学习更多的内容，并且进行更好的理解。

学习记录表可以自己绘制，也可以《番茄工作法》的记录表为基础，做几个数据上的改良。具体情况根据自己的需求而定吧。

分析

学习计划进行到一定程度的时候，我们就会面临两个问题：要么学习效果明显提高；要么学习效果不尽如人意。

这时候，我们就要通过之前的记录表进行分析。如果学习效果有所提高，那么是哪方面的学习内容带来的提高？如果学习效果并不理想，那么说明这个学习计划的内容有问题。你要做的就是从记录表上找出问题的症结所在。如果你不能从每天学习的内容和时间上发现问题，说明你对自己的知识储备和对该领域的认识还不够深入，而且缺乏基本的问题分析能力，那么我就可以认为你没有达到一个人自学的最低门槛 —— 发现问题、分析问题、修正问题。

总之，这一阶段就是要做一些"取其精华，弃其糟粕"的工作，让时间的价值最大化。

随着学习程度的深入，自身的水平也会有所变化，兴趣和方向也会逐渐清晰。要根据自身的情况，对计划做出适当的调整。

三、收获总结，定向输出

总结

读过一本书，一定要写读书笔记。要利用所有学到的知识，写出一篇总结式的文章，而不仅仅是停留在画线批改、寻章摘句的刻板方式上。笔记一定要按照自己的思维模式去写，千万不要套用别人的笔记格式，那完全是本末倒置。

笔记的价值并不在于内容，你就算记得内容清晰、数据翔实，复习起来也不会比翻一遍原文来得更快。如果仅仅是记知识点的话，在书上画线就够了。写笔记，目的是把书中的知识和个人的理解，两者融会贯通，最终形成自己的想法和思路。笔记写成什么样子并不重要，重要的是思考如何写笔记的过程。这同样是碎片知识内化为整体知识的过程。

将写好的笔记标注时间，然后存档。未来复习一本书时，随时往上面增加新的内容。

输出

把你这一阶段学到的东西拿出来展示给大家，一定要找到适合的平台。可以在知乎写回答，可以建立一个自己的博客，也可以去一些比较有特色的论坛写写文章，和有相同爱好的人打打笔仗。

写作是一个思维整理与归纳的过程，尤其是当你试图说服别人的时候，这一点就会变得尤为明显。你在写作的过程中，需要不断回忆自己学到的知识，并且利用自己的语言将它表达出来。你还要思考文章的结构，怎么才能循序渐进地把一个复杂的道理讲得明白，讲得令人心服口服，讲得让人无懈可击。如果有某些细节自己不知道、不清楚，为了避免文中出现疏漏，你就会去查阅资料或者翻阅书籍，这就完成了一个巩固与复习的过程。更重要的是，你还会发现自己有哪些短板，还需要学习哪方面的知识。这些都是一个人自学时，在孤立状态下难以发现的。

我读《与众不同的心理学》时发现，科学的进步来源于质疑和修正。那么知识的进步来源于什么呢？我认为应该是碰撞和需求。人们利用自身所学的知识，与他人进行思想和观点上的交锋，不仅可以发现自己的不足，还会产生新思想的火花。所以，将知识输出的过程，就是与他人进行思想交锋的过程。

我读书最多、效果最好的时候，是自己十六岁时，跟六位同样热爱日本文学的网友，一起建立了一个"竹林（取'竹林七贤'之意，羞愧得很）读书会"。我们约定每周阅读同一本书。

到了星期天，七个人每人写一篇书评，在群里轮流谈感想。因为害怕自己说得不好，所以每次看书都恨不得把一本书生吞活剥，把书里的内容嚼得血肉横飞，目的就是为了能在其他人面前说出点儿别人没发现的东西。虽然那时候像个傻帽，看书看得十分做作，但如今我所读过的日本文学里，有百分之八十都是当初硬着头皮读下的，而且对每一本书的印象都非常深刻。

四、自我经营，时间盈利

我不得不说句很残忍的话：其实在任何一个学科领域，自学的人，都很难超越科班出身的人。也许会有，但是少之又少。

那是不是说明自学就没有价值呢？

当然不是！自学的价值极其巨大，甚至可以说，人与人最大的差别，不是他们的社会地位和收入水平，而是他们在业余时间学什么、做什么。所以人们常说，你的人生取决于晚饭后的两小时。但是这个价值，并不一定是安身立命的本事，而是一种潜移默化的影响、一种缓慢而彻底的蜕变。有时候，自学带来的价值，往往难以通过正面表现出来，但真真切切地影响了一个人的言行举止、生活习惯。而言行举止和生活习惯很大程度上就是决定一个人性格与命运的重要因素。

所以，我认为自学的本质就是管理自己，经营自己，掌控自己，驾驭自己，最后得到时间上的盈利——时间价值最大化。

什么叫"经营自己"？

我曾经举过一个例子：假如你的名字就是知乎的一个专栏，发稿频率是一周一篇，关注者是专栏的发行量，赞同数和感谢数是读者的反响，评论是读者的来信，那么作为专栏的作者，你该如何维护这个专栏的品牌？又该如何保证写出高质量的内容？在大局已定（各领域的大牛）的知乎江湖，默默无闻的你如何才能闯出一片天地？你读了那么多书，此刻它们能帮你解决几个问题？如果一个都解决不了，它们能否成为你创作的素材？在实践的过程当中，你发现自己的短板是什么？

"经营自己"就是别把自己当作一个有主观意识的人，而是看作一个"工具"。主观意识往往会带来许多干扰。在主观意识之下，你考虑更多的是"我想做什么"，如果是一个"工具"，你考虑更多的则是"我该做什么"。如果一个人不能管理自己，又如何管理别人？如果一个人不能赚取时间，又如何赚取财富？

说到底，人，终究是要学会使用自己，而不是放纵自己。

我再说两件事儿：

第一，我从来不认为自学的困难是无人指导，更不是没有学习的途径。如今，我们处在一个信息爆炸的时代，我们获取知识的成本空前的低，只要有足够的好奇心，我们可以通过无数种方式来了解自己想要了解的一切东西。任何困难都是一面等待我们翻越的围墙。唯一的问题在于，我们是否有开辟未知领域的决心和毅力。

第二，无论学什么，一定要当机立断，今天写计划，今天就执行，别等别拖别准备。如果向人请教，不要问类似"×××应该怎么学"这样大而无当的问题。问题一定要具体到某一个细节。你可以问"秦国统一六国具备哪些基本优势（虽然这还是一个大问题）"，但是你千万不要问"秦汉史应该怎么学"。不是说这个问题有多么深奥，而是因为它太过基础，太过宽泛，反倒没有一个答案。再举一个例子，你如果问"计算机应该怎么学"，我保证你得不到想要的答案，因为太过宽泛了，你只能问"如何使用Photoshop的蒙版和滤罩"，问题越小，得到的答案含金量越高。

嗯哼，开始学习吧！

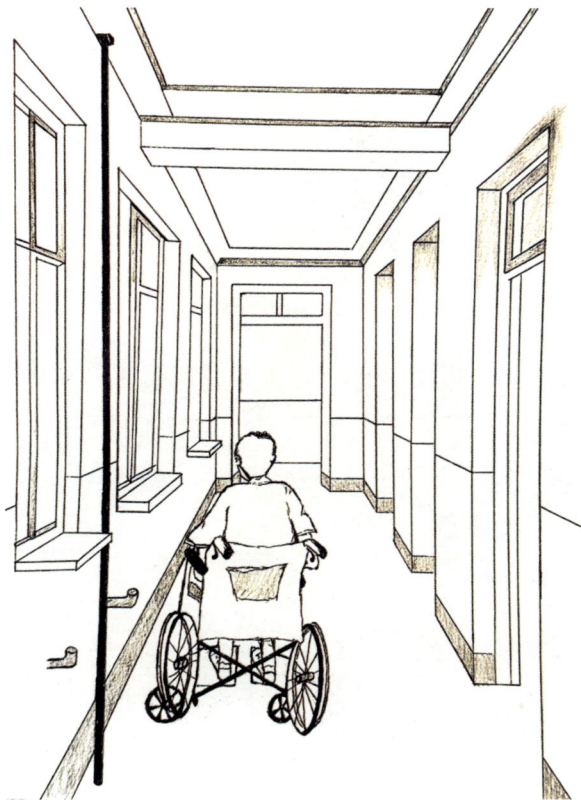

远处，我听见你的声音："报告，老师我来了。"

绘画、文字 / 程源

我希望你依旧阳光快乐，如同向日葵般永远向着太阳的方向盛
开，坚定而又执着。

绘画、文字／程源

哥哥，这回，不用你让我三个子，我也可以赢你了！

绘画、文字 / 程源

将玫瑰赠予你最爱的人，期待着下次再见！

绘画、文字／程源

我想再对你说一句："哥哥，生日快乐！"

绘画、文字/程源

蓝天白云，绿草如茵，在天山脚下，你抱起心爱的吉他，尽情地弹唱你最爱的民谣吧！

绘画、文字 / 程源

金灿灿的阳光倾泻下来，注入万顷碧波，倒映着你和心爱的女孩正享受着此时的静谧。

绘画、文字／程源

上帝丢给你太多理想，却忘了给你完成理想的时间，我想带你去看山川河流，去看日月星辰，带你真切地感受这世间万物的美好。

绘画、文字 / 程源

写书信

有朝一日，
共同的记忆会像那些泛黄的旧照片一样，
在我们年华老去的那一天，
重新浮现在我们的眼前。

致妹妹源源

源源：

在你读这封信的时候，正是你十二岁生日之时，祝你生日快乐！

古人把女孩的十二岁称为"金钗之年"，它意指女子正从青涩稚嫩的幼女，变成风华正茂的少女，而这其中更多的是一层成长的含义。诚然，天真烂漫的童年，正从你身边悄然离去。迎接你的是一段陌生、新奇、充满挑战也同样充满艰辛的新时期。

过往的岁月里，有太多的事情深埋在我们的记忆中。这些事情，有开心的，有伤心的，有轻松的，有沉重的；有让我们在年少时义愤填膺的，有让我们在年老时郁郁寡欢的。无论是好是坏，是美是丑，这些生活琐事，都值得我们将其记录在纸上，哪怕你不愿记录，也要学着记录。究其原因，一是：俄国著名文学家列夫·托尔斯泰曾说："最淡的墨水，胜过最强的记忆。"二是：因为生活一旦被书写在纸上，有朝一日就会成为历史。而我们自己，就是历史的书写人。还有一点，也是尤为重要的一点：我们每一个人都不能改变自己生命的长度，但我们写下的这些文字，则是时间的凝固，是生命的延续，也是我们的精神唯一的永存方式；亿万斯年，沧海桑田，当我们已成为历史的碎片，而它们依旧不减当年的风采，以传奇的姿态傲然纸上，后人必当为之膜拜。

童年的时光值得我们珍藏，却不值得我们留恋，因为未来的生活，还需要我们继续探索。在今后的日子里，你还要继续你的学业。你不应该把学业当成一个焦躁紧迫的任务，而是当成一种完成理想的手段、一种途径。

即将步入青春期的你，应该为自己设立一个目标、一份对于未来的憧憬；它并不需要多么宏伟，也并不需要多么远大，但必须值得你为它付出时间、心血，且无论成败，都无怨无悔；它也同样是你未来生活积极向上的一个理由。一个人只要对自己的生活，求新、求变，不安于现状，喜欢挑战困难，有进取精神，那么即使失败，他也是人生的赢家。我们希望在未来的日子里，你能成为一个不满足于已有荣誉，为了更高远的目标而努力奋斗的人。

对于生活中的你，我们无须多说什么，你足以得到众人钦佩的目光。较之同龄人，你已承担了太多生活的重任，失去了许多童年的欢愉。这一切看似不公，实则不然；若干年后，当你走向社会你就明白，一个有责任感、懂担当、不抱怨的人，在这个浮躁的社会里，显得多么弥足珍贵。我们一致相信，这一段经历将会成为你以后人生道路上的一笔宝贵的财富，是你超越同龄人最强有力的资本，也是我们因你而自豪的原因。这个自豪不光是我们的，同样也是你的 —— 这个世界上最自豪的事，莫过于别人因你而自豪。

最后，请你记住，无论未来发生什么困难，你的家人永远支持你，永远爱你！

你的哥哥程浩

2011年3月28日

伯爵写给女巫的一封信

当我写下这封信时，我不认识你，你也不认识我。我从未牵过你的手，搭过你的肩，咬过你的唇，闻过你发梢残留的香。我只是于凌晨三点钟在失眠的大海里，捕捉到你依稀的笑。我盼望与你相遇，就像盼望一场美梦永远不会醒来。可惜人们常说，美梦终会清醒，相遇终有分离。我想他们说得对。美梦和相遇是甜的，而现实和分离却是苦的。但我就是这样一个愚人，甘愿为了一时的甜，尝尽一生的苦。

我想把自己过往的生命，折成一架自由翱翔的纸飞机，载着童年所有的秘密，奋不顾身地飞向你。这样就能让你在见到我的那一刻，拥有我们彼此分离的全部时光。原谅我就是一个如此贪心的人。不仅盼望与你的相遇相守，还渴望与你的记忆相织相融。

　　我不知道爱情是什么，我只是单纯地喜欢两个人做一件事儿。无论做什么，我都会感到很幸福。我想请你喝一杯咖啡。如果你喜欢甜的，那我们就喝香草拿铁；如果你喜欢苦的，那我们就来一杯曼特宁；其实我更希望你能点一杯卡布奇诺，那样我就可以替你擦拭唇角上沾染的奶油泡沫。我想买一款超大的音乐耳机。这样我们就可以脸贴着脸，带相同的耳机，听相同的情歌，连心跳都是同一个节奏。我想和你一起熬夜看世界杯。我们穿着相同或不同的球衣，脸上画着五颜六色的国旗，桌上摆满零食和大杯的扎啤，为各自喜欢的球队呐喊助威；我们一起为他们的胜利而欢呼，我们一起为他们的失败而落泪。我还要在阁楼装一架天文望远镜，指向那无尽而深邃的夜空。我希望在璀璨的银河中找到一颗闪亮的无名星，给它取你的名字。这样我可以独自守望着夜空，就像我一直守望着你。

　　我每天都在学习绘画，但只是为了画你。我画山，画水，画人间，却始终不敢画你的眼睛。我不知该把你的肖像挂在何处，就像我不知该将对你的思念安放在哪里；说出口来，太轻；放在心里，太堵。每次想起你，我就会发现自己所在的城堡，原来不过是一座囚禁思念的地牢。

　　我穷毕生之力翻遍世间所有的书籍，却找不到一段文字能形容我们的爱情。也许，我永远无法陪伴如此明媚的你；也许，你终究不会属于两手空空的我。分离，既是落下的帷幕，亦是相遇时的序曲。

此刻，我的信纸下垫着一本书。王小波的《爱你就像爱生命》。

我没有那样一支生花妙笔，写不出那般艳绝千古的情句。我只能默默地告诉你：若能爱你，命何足惜。

致某人

　　抱歉，原谅我这么晚给你回信。最近正在搬家，家里诸事繁多，真正能平心静气用来思考问题的时间很少。环境、空间、时间，都不允许。

　　言归正传。

　　几年以前，我看过一篇非常非常"恐怖"的文章——《你想过自己注定是一个普通人吗？》。那篇文章已经"恐怖"到我甚至不敢点开里面的内容，只是匆匆扫了一眼标题就赶忙把浏览器关闭，然后从冰箱里拿出一罐冒着寒气的冰镇雪碧，张着大嘴凶猛地灌进喉咙。随着冷冽与甘甜的滋味在胸腔弥漫，我内心的灼烧感才稍稍退去。我至今也不知道那篇令自己感到无比焦虑的文章，其内容究竟写了些什么，说不定就是一篇心灵鸡汤似的治愈暖文。不过，这根本就不重要，重要的是它的标题已经足够震撼人心，足够让我感到战栗。

我们总是认为自己和别人不同，无论是想法还是行为，或者是心智，我们认为自己都是独一无二的。可是站在如今的年纪，看看当年那些被我们认定是不同世界的人，他们和自己的差别究竟有多少？其实毫无差别，一样地上学毕业，一样地上班下班，一样地结婚生子，一样地慢慢老去。没人能跳出这个牢笼，彼此的差别无非是混得如鱼得水和撞得头破血流而已。

我不知道你为什么总是认为自己和普通人不一样，在我看来，能够与众不同真的是一件很幸福的事情，因为许多人梦寐以求的正是此事。既然你偏执地认为自己不同于众人，那你认为自己哪里不同？是因为你有耳鸣吗？可是据我所知，我身边所有熟悉的亲人、朋友，他们的身上或多或少都有几处难以启齿的缺陷，没有人是真正健康、完整的。或者是因为你有许许多多奇怪的想法？要知道，想法不算什么，这个世界上最不值钱的就是想法，太多人空有想法，少有行动了。对于你的这一点想法，我并不能很好地理解。

关于选择，我也曾经有过作出重要选择的经历。跟你不同的是，我并没有纠结很久，我只是问了自己三个问题：我想要什么？我还有什么？我能放弃什么？当我冷静地作出回答时，积压于心的迷茫和痛苦的雾霾，瞬间就烟消云散，一切都豁然开朗。

你说的书，我并没有看过，不过以后我会去看。我觉得你是一个很优秀的女孩，理想主义，懂得要求自己，这是很好的，继续保持。可是理想终究是属于个人的，而现实却是集体的，除非你能脱离集体，否则永远不要拿理想的标尺去丈量集体中的个人。因为在你极度理想化的个人标尺之下，现实中的每一个人都是不合格的。

我曾经送给妹妹一个日记本，在扉页写下一句话送给她。现在，我想把这句话送给你：只有脚踏实地的人，才能伸出双手拥抱星空。

求职信

优米网，你好！

我叫程浩，今年十八岁，家住在新疆石河子市，曾经是一家网络杂志的网络编辑。

十八岁应该是一个刚进大学校园，每天往返于教室和寝室的两点一线，对自己的未来既有好奇心，又有畏惧感的年纪 —— 但是，我和同龄人的经历，似乎大不相同；出于身体的原因，我一直不能下床行走，所以没有机会能够进入学校，也同样没有上过一天"正经课"。可是这并没有妨碍我对知识的渴求以及理想的追求，因为任何人都不能阻挡一颗对梦想执着的心。

也许和同龄人比起来，我失去了许多选择的机会，但任何事情都具有其两面性：正因为我失去了选择的机会，使得我更加专注于把握现有的机会；正因为我失去了选择的机会，使得我有更多的时间，做自己热爱的事情；正因为我失去了选择的机会，使得我有更多的精力、更好的心态，把所有事情都做得更加完美——因为我所做的每一件事情，往往是我唯一能做的事情。

我之所以应聘荐书频道编辑的职位，主要原因是我喜欢读书，热爱读书，而且把读书当作自己生活的一部分。从十岁起，我就开始阅读各种各样的书，不论是文学、艺术、哲学、历史、人文，还是经济、金融，包括心理学，我都有一定涉猎，尤其是文学与历史，更是我的兴趣所在。我每天的阅读时间都超过3小时，每周都能读1—2本书，虽然这样的阅读效率并不算高，但我更主张"习惯性阅读"，而不是"快速阅读"。在我眼里没有"好书"与"坏书"的区别，任何知识都是可以拿来运用的，只有将知识转化为现实，才能诞生它最大的价值。

不仅如此，我同样喜欢分享自己的读书心得，喜欢进行文字创作，但是我比任何人都清楚，一个人做事情不能仅仅凭热情和爱好，他更需要的是经验和技能；而我之所以敢于求此职位，正是因为我有这样的经验：第一，我曾经在朋友开办的网络杂志，担任网络编辑，所以对自己的文字功底、编写选题等，有一定的信心。第二，今年年初，我和朋友在点点网开了一家以推荐经典文学为主题的轻博客，在不到半年时间里，博客的固定粉丝数近

20万，如今，博客每天的订阅量以及阅读量均超过1万人。虽然这些成绩并不能让我感到满足与骄傲，但它们让我明白，付出多少心血就可以创造多大价值。

我非常喜欢优米网，因为我觉得优米网有一种集体精神、团队精神；它可以使许多年轻人油然而生一种归属感、认同感；而像这样的精神，一直是我非常渴望的。

这是我第一次求职，如果有幸能得到这次工作机会，那它将是我第一份真真正正的工作，而优米网的格言是"与年轻人一同成长"，那我相信，我会比其他人更懂得"成长"二字的含义。

愿优米网能成为年轻人的翅膀。

致七堇年

堇年老师：

　　您好！

　　这是我第一次写信，我一直认为自己是一个文笔并不十分好的人，所以我也一直很恐惧写信，因为我觉得写信的旨意在传达，而我害怕自己表述不清，这样既耗费写信人的心力，更耗费读信人的时间。不过在长久的心理准备之后，我有信心用自己的方式，写好这一封并不算长的信。

　　首先，自我介绍一下：我叫程浩，出生在1993年那个很疯狂的年代，家住在《远镇》中描绘的那个地方 —— 新疆。我一直在思考，究竟怎样表达才能够使这段"自我介绍"显得自然而平凡，因为我的生命自始至终就充斥着文字无法表达的疯狂，不管是躯体还是灵魂。自从有了记忆以来，我一直不知道走路究竟是一种什么样的感觉，我像观察鸽子如何飞翔一样，观察人是如何奔跑跳跃的。后来在七岁左右的时候，我终于有所发现，原来走路从来都不属于我，就像飞翔从来都不属于我一样。如果您很好奇，我为什么不能走路？那我也无法回答您，因为我说过，我出生在很疯狂的年代，疯狂的年代自然少不了疯狂的事情，疯狂的事情是很难有合理的答案的。曾经家里人试图为我寻找一个答案，所以我在西医手下吃过药，在中医手下扎过针，在神医手下练过功；但这些事件就今天而言，它们唯一的意义就是在我今天写自我介绍的时候，多了几笔疯狂的经历罢了。

我曾经十分渴望做与别人"相同"的人：渴望在泥泞的草坪上与一群男孩子踢球；渴望在输球之后不服气地撸起袖子与对方撕扯；渴望在洁白的画布前，用绚烂的油彩勾勒出好看的线条；渴望在发亮的黑色钢琴前，用修长的十指弹奏出唯美的音符。更加渴望的是有人呼唤自己帮她拿某件东西时，自己可以微笑着把物品递到对方手里……

这样的画面几乎贯穿我的整个童年，还有太多太多的渴望与我之间的距离相去甚远，只是这样珍贵的东西，在同龄人眼里却变成对生活无可奈何的唏嘘。当周围的童年玩伴被时间的大手不断地拉长、拉高、拉宽、拉壮时，我清晰地意识到"相同"对我来说，也许本身就是一件很奢侈的事情，它不过是众多不属于我的东西里的其中之一。后来随着年纪的增长才慢慢发现，不属于我的东西真的很多。我庆幸自己没有像懦夫似的抱怨这个世界的不公，因为世界本身就是一个巨大的天平，左侧是公平，右侧是不公平，当上帝倾向于公平之时，这个世界就已经不公平了。

在十岁那年，机缘巧合之下，我读到了我人生中的第一本小说《梦里花落知多少》，当时是从姐姐手里借来无意翻看的，虽然它并不是什么"划时代"的文学巨著，但我依然认为：一本书对于读者的个人意义，远胜于它的自身意义与历史意义。而这本书对我的最大意义在于，是它使我爱上了阅读，并且那份热爱一直延续至今，不曾减退。如今，阅读已经成为我生活的一部分，每天的阅读量少则数万字，多则数十万字。我能够在优秀的小说里体会到别样的人生，体会到我曾多次幻想的画面。我不需要面对时间流逝所带来的伤感，也不再需要面对疾病和伤痛所带来的折磨。我只需要明白，"选择承受苦难的人并不只有你"这句话足矣。

常年的阅读必然会在某一时刻爆发出对作者，抑或是对文字本身的崇拜感。

第一次有幸拜读您的作品是在2008年的夏天，我刚从一座生活了八年的城市辗转搬去另一座曾经生活七年的城市，个中缘由不说也罢。我那年十五岁，之前我和所有那个年纪的男孩子一样，每天像"瘾君子"似的不知疲倦地趴在互联网炮制出的尼古丁里，攫取一种刹那间的快感。但很快那种快感就到了极限。当我意识到把自己的生命浪费在连夕阳也看不到的游戏里时，我的内心忽然充满了罪恶感。我至今都难以回答，究竟是什么改变了我自己。一切就像是凭空落下的利刃，它干脆利落地将我和从前那个喧嚣迷乱的时空彻底地切断，不留一丝余地。那也是我最迷茫、最灰暗的日子。

我是在央视的《艺术人生》节目上认识您的，当时字幕上打出您曾出版的一系列作品，而后我便去网络上一一搜寻；在此我必须恳请您的原谅，我明白对于一个作者而言，自己的读者阅读盗版书意味着什么，因为家中时常无人，而实体书的重量对我来说又太过沉重（或许文字的厚重感便是如此吧！），无奈之下只能选择电子书，毕竟鼠标的滑轮翻起书来要轻松许多。我阅读您的第一部作品是《大地之灯》，这也是我最为钟爱的作品之一。我喜欢里面那些细腻饱满的人物，尤其是卡桑，那个无论情感还是躯体都永远处于漂泊中的女子，这可能与我对自由的崇拜有关，我从幼年起便对那些流浪的人充满艳羡，我觉得他们是象征着自由的图腾，即使生活贫穷、落魄，但生命有着丰沛的水源，永不干涸。

我必须承认，是《大地之灯》使我萌发了当一个作家的欲望；我也必须承认，是《大地之灯》让我重新审视了自己当一个作家的能力。此后我开始向各种悬疑、恐怖、科幻为主题的杂志社投稿，但那些稿件都无一例外地石沉大海，杳无音信。我从未想过自己应该以怎样的姿态来面对写作，是反抗这个世界自始至终伴随我的压迫？还是对这个世界未来与未知的把握？我不愿去写关于疾病的文章来换取一份同情般的发稿函，在我看来那无疑是弱者的象征。我的理想是做一个善于讲故事的人，如同斯蒂芬·金、丹·布朗那样的人。然而，理想与现实之间似乎总有一条难以填平的沟壑，它悄无声息地横亘在每个人脚下，表面轻掩着一层薄薄的浮土，当人们准备鼓起勇气奔跑时，地面迅速崩塌断裂，而留下的一道道触目惊心的深渊，足以让任何人望而生畏。

2010年我删除了曾经写下的那些羞人之笔。那一年我没有再投过稿。我从没有抛弃过我的理想，哪怕它带给我的只有打击。我需要时间来调整，我需要时间来学习。曾经有朋友问我：浩子，你觉得你的劣势是什么？我告诉他：没有发表过任何文章，没有接受过任何指导，仅仅有三年的写作经验。如今如果有人问我：浩子，你觉得你的优势是什么？那我会用相同的答案回答他。假如一个人能勇于面对他自己的劣势，那么这个劣势将会成为他最大的优势。我坚信只要我足够努力，并且日复一日地写下去，总有一天我的作品会展现在所有人眼前。虽然我明白，努力之人很多，不是每一个都能有所收获，但这是我的信仰。我会为这个信仰继续付出、继续坚持、继续努力，直至我精疲力竭。

2011年我将十八岁，无论是法律、心理还是责任上，这都是一个让我颇感压力的年纪，我希望在写完这封信之后，我的生活能有一个新的开始。想说的话太多，全部写下恐怕要上万字。这封信的初衷有感于美国著名探险家约翰·戈达德为自己所列的"生命清单"，我也效仿起来，其中有一条便是"给所有自己喜爱的作家写一封信"。我不确定您是否能看到这封信，即使不能，我也希望它能化作一份幸福永远地伴随您。

愿您未来的生活一切安好。

程浩

2010年12月30日

董年姐姐：

您好！

这次写信距离第一封信，已经有半年时间了，虽然没有得到您的回信，但我还是选择对您诉说，因为有些话，我已无人可说。您曾在《大地之灯》中写道："人是没有孤不孤独之分的，只有对孤独害怕不害怕之分。对孤独害怕，不过是因为对这世界的庞大森然有所畏惧，毕竟在与世界的比照之下，人太微薄渺小，一生又太短暂。这样的人喜欢用拼命付出感情或者拼命索要感情的方式来映照自己的存在，给自己以希望和慰藉。结果却往往只是更加深刻地证明了生命的本质孤独。有时候甚至尴尬到有话想要说的时候无人可说，有人可以说话的时候无话可说。"

是的，初读这段话时，我以为这是对我所下的评语。然而，无论是简生还是卡桑，我与他们的生命都有着本质的不同。坚强对我而言，就是一副"面具"，它可以让我获得那点可怜的、微薄的尊严。我不知道自己何时习惯戴上这样的"面具"生活；也许是父亲在我病危之时，流下的泪水；也许是母亲看我儿时照片之时，发出的叹息；当我试着回忆这些过往的珍贵记忆时，我才发现，我能为他们付出的，真是微乎其微。或许坚强，就是我能对他们做出的仅有的回报。

儿时，我十分恐惧死亡，因为我自私，因为我胆怯，因为我不忍失去现在所拥有的一切：家人、朋友、玩具、卡通片……于是，我成为一个对死亡极度敏感的人。数年之后，当我的母亲拿着我的病危通知单如同话费催款单一样时，我突然感到，生命的本身就是坚强的，就是不会轻易服输的；它或许要历经狂风骤雨，还需要承受贫病交加；但生命的本质，更像时间，它无法阻挡，无法重复，任何困难都无法成为它的桎梏；你一觉醒来，它依然继续。反观自己，我倒觉得自己的生命更像是一叶孤舟，漂泊在一条起伏的河流之上，虽然历经艰险，但最终还是会停泊在理想的彼岸。

我是一个没有朋友的人，十八年来，互联网是我唯一的一个朋友。那些散落在大江南北的网友，也不过是"君子之交淡如水"。有时会觉得自己对友情的渴望已经到了相当"卑贱""谄媚"的程度，最后发展到：只要别人不骂我，基本上都是我的朋友。说起来惭愧，自从读完《大地之灯》《澜本嫁衣》等书，我就一直把董年姐姐作为我的红颜知己，当作我唯一的朋友。我会在您的博客和小说中倾听，然后在我的日记中与您交流。每当我感到寂寞时，我会去网络上寻找您仅有的视频，翻来覆去无数次地看，直到昏昏欲睡为止。我觉得那样是幸福的，因为我们彼此之间离得很近。朋友之间，只要彼此依靠就会很幸福。

这封信写得很不雅观，却是我现下最想说的话，它没有任何润色，唯一的修辞是少年的真诚。

我爱知己，胜于爱自己。

程浩

2011年6月11日

致小熊姐姐

小熊姐姐：

　　你好。

　　下午看到你发来的邮件以及小说《查令十字街 84 号》。虽然近日事务繁杂，但还是利用睡前的一小时读完了这本书。同样作为爱书人，和海莲·汉芙相比，我感到自己的渺小。素不相识且远隔重洋的两个人，仅仅依靠书信便结下长达二十年之久的友谊，其中包含了二十年的青春、二十年的记忆、二十年的岁月痕迹，对于一个人来说，这是一笔难以想象的巨大财富，因为人的一生又能有几个二十年呢？

　　我一向珍惜那些写在纸上的文字，我曾经在给朋友的信中写道："人的一生，最难以保存的，是时间；最终能留下的，是记忆。而能够同时承载两者的，唯有文字。那些流逝的分分秒秒，如同被风扬起的沙粒，于漫长的时光中，在我们心头塑起一座记忆的沙堡，那是成长的里程碑，更是生命的珍贵财富。总有一天，你会再次翻阅自己过去亲手写下的每一段故事、每一次的开心与难过、每一次的忧伤与喜悦，你一定会被曾经的自己所感动。而这份感动，我想，是值得去怀念的。"

感谢末日前夕能与你分享同一本书。

晚安，好梦。

伯爵在城堡

2012年12月21日

小熊姐姐：

　　你好。

　　收到你的邮件，我很是惊讶。出于常年阅读电子书的经验，直觉告诉我，你的信至少写了两千字以上。这可能是我有史以来收到最长的一封电子邮件。

　　我记得一部电影说过：每个人的一生都是一部跌宕起伏的长篇小说。当时没有什么感觉，等到真的需要自己叙述曾经的人生经历时，却发现该说的事情是如此之多，一时之间难以开口。即使如我这般无聊乏味的人，竟然也会有传说中"文思如泉涌"的感觉。

　　我的人生简单到不能再简单，如果你有足够的耐心，我很乐意讲给你听。

我家住在新疆石河子，那是一个说出来也不会有人知道的小地方。父亲是一位旅游司机，每年大江南北四处奔波，母亲身兼数个公司的会计，地点相隔数百公里，每月有一半时间会生活在路上。而我从生下来就不能走路，原因不明。我常笑说，是我父母一生跑了太多的路，最后使我"无路可走"。根据政策我的父母还可以养育第二个孩子，于是在我六岁那年，家里又多了一个妹妹，至今上初二，她从一年级起就是班长，一直当到现在。

与你相比，我的人生经历显得过于单调了。如果把你的人生比作一部励志电影，那我就是一幕经典话剧，同样的场景、同样的对白、同样的演员，却在不同的地点反复上演。我始终记得自己幼年时，最熟悉的场面就是被推进各种复杂的仪器中检查身体，这也是我最深刻的记忆影像。如果说我没有出过远门，这是不正确的，至少同龄人还在上幼儿园的时候，我已经去过诸如北京、天津、上海等地，但是我没有去过庄严神圣的天安门、古色古香的颐和园、光彩夺目的东方明珠，我只去过一个地方，那就是四壁灰白的医院病房。所以五岁以前，我的生活基本是在路上的状态，虽然每一条路都不相同，但我那时已经明白它们最终还是要通向同一个地方。

五岁以后，家里不再带我去那些无谓的地方，做那些无谓的检查，但是这不代表我的生活从此就可以离开医院。这之后的每一年我都会住一次医院，每一次住院都会得到一张病危通知单，可是每一次病危我最终都活了下来。母亲把每一张病危通知单都收集起来，用一根十厘米长的钉子钉在墙上，她总是喃喃自语：小时候，医生说你活不过五岁，当时我一下就哭了……她说这话的时候，我已经二十岁了。

我爱读书，其中多少有些无奈。因为一直没有上学，所以朋友极少，大多是家里的亲人以及儿时的玩伴。朋友们总说我有点自负，其实他们哪里明白，我的自负，正是源于自卑。过去，每当看着身边的同龄人一起出去逛街、滑雪、跳舞、打保龄球，我都好想好想说一句：我也想去。可是我仅有的自尊心却不允许自己向人示弱。我只是淡淡地说：我不喜欢出去玩，我喜欢躺在床上读莎士比亚。久而久之，读书就成了我的一个习惯。而随着时间流逝，曾经的朋友大多有了各自的学业、事业、爱情和他们自己的生活，但我的世界里，只有那些隽永的文字和古老的书籍陪伴我。如今我可以坦白地说，最初读书很大程度上是为了装酷，现在读书更多是为了获得新的知识。就像我曾经告诉你的，人年轻时就像一块干瘪的海绵，要用有限的时间，尽可能地吸收水分，积蓄能量，并且期待有朝一日能够得以释放。

　　我读过一些书，别人说我读书很多，对于这一点，我是不认可的。他们之所以这么说，只能证明他们读书实在太少。我反倒一直认为，自己读过的书，真的少之又少，知识面也狭窄得可怜。这绝不是读书人惯有的谦虚，而是一个没上过一天学的孩子心里的大实话。我对读书的理解，早已经在自己的日记中写过：读书不光不能增长我们的见识，反倒更加暴露我们本身的无知。世界是庞大的，你所掌握的那点儿自以为是的知识，仅仅是沧海一粟而已，甚至对整个世界而言，它根本不配称为"知识"，那不过就是一点儿必不可少的生活常识。说到底，每个人都是一只坐井观天的蛙，仅此而已。

　　说到自己读过的书，除了小时候读过注音版的《安徒生童话》《格林童话》《一千零一夜》之外，真正第一部独立阅读的长篇小说，还是在姐姐家偶然翻阅的《梦里花落知多少》。那年我刚好十岁。后来特别迷恋武侠小说，如金庸、古龙、梁羽生、黄易等等。我不喜欢读西方文学，但仍然耐着性子读过几部俄国硬汉的代表作，如高尔基的《童年》《在人间》《我的大学》、奥斯特洛夫斯基的《钢铁是怎样炼成的》、列夫·托尔斯泰的《安娜·卡列尼娜》以及契诃夫的作品集。其余读过的西方文学，大多是走马观花，不值一提。

现在，我读书更多倾向于古典文学，或者跟中国历史有关的书。我总是天真地认为，一个中国人如果连自己国家的传统文化都不甚了解，那又怎么有时间去了解别国的思想和文化呢？

这封信是分两次写成的，毕竟整理自己过往的人生经历，不是一件容易的事情。不光需要坦诚地面对过去，更需要自己做一个生活的有心人。我很喜欢史铁生老师的《我与地坛》，我从他身上明白，其实生活里处处暗藏人生智慧，只是绝少有人能扫清俗世的尘埃，发现其中的真谛。

最后，我想说两句题外话。有人曾问我：你是否有信仰？

我说：在如今这个物欲横流、精神文明贬值的时代，信仰已经退化成一个讽刺性的词，但是我依然抱有信仰。我的信仰就是梦想。因为我坚信，人类因梦想而伟大，梦想因执着而伟大。

祝你一切安好。

伯爵在城堡

2012年12月26日

小熊姐姐：

　　你好。

　　还有两天就是中国的传统节日——春节。过了这个新年，我就已经二十岁了。有时候想想，自己已经不知不觉地生活了二十个年头，这还真不容易，因为我说过，小时候医生断定我活不过五岁。所以，每一年于我而言，都如同一场庄严的仪式，它就像一个声音嘶哑的恶魔咬着后槽牙说："小子，你又长了一岁……"是的，我的想象力可能过于丰富了。但就在两周之前，我还差点因为感冒而命丧黄泉。如果不是救护车离我家只有五分钟的路程，我此刻已经没有机会趴在电脑前给你写信了。

　　每次到了过年，家里就会有很多人，平常冷清的房间会突然挤得连沙发都显得多余，大家恨不得学习古人席地而坐。按理说那会是一个热闹的场面，大家可以吃饺子、打麻将，把一年当中所有的孤单寂寞一扫而空。可是事实正好相反。越是人多，我便越觉得孤独。好像是在夜深人静的大草原上架起一团燃烧的篝火，感觉不到丝毫温度，只能感到更加森然和无助而已。当周围的同龄人手里个个捧着一部手机，用着各种我没听说过的应用软件发送着新年祝福时，这种孤独的感觉便愈加明显。于是，我开始学会抱着电脑给自己写信，这使我看起来不再显得那么孤独。

记得你上次问我的生日是几月几号。你说你还会再给我回信，所以我想等收到你的下一封信再一并告诉你。可是你的信我却迟迟没有收到，也许是你的工作和学业太忙了吧。所以我想这次告诉你，我的生日是3月23日，一个很好记的日子。

我很幸运，因为我家窗外正好可以看见雪落满地的美丽场景。每次看见雪地上一串串连续的脚印，我就会幻想自己是一个技艺高超的画师，背着画板、画笔和颜料，独自一人浪迹天涯，逃出浮华喧嚣的都市牢笼，走进群山环绕的乡野村落，渡过浪花翻涌的汪洋大海，隐于无人知晓的异国他乡，然后认识一个爱我就像我爱她一样疯狂的姑娘，了此余生。这种无拘无束的生活，正是我梦寐以求的。

只是人的一生可以有很多梦，但不是所有的梦都能成为现实。有些梦，只能想想，于是世上便有了梦想。

　　大过年的，说了一些与你毫无关系的废话，希望没有耽误你的时间。最后附上两张新近涂鸦的水彩画，权作一笑。

　　提前预祝春节快乐、平安。

伯爵在城堡

2013年2月7日

致远方的你

思远：

你好。

现在是2013年7月12日，22点21分，气温微凉。

半小时之前，我们还在讨论，为什么你写给我的信，要比我写给你的多。半小时之后，我在印象笔记里写下有史以来自己写得最长的一封信。这并非一时兴起，而是我许久以来，一直想做而未做的事情。我不知自己会写到哪里。就像凯鲁亚克的小说《在路上》，从第一行字起，便是一场没有目的地的旅途。

最近几日，大家都在讨论《董小姐》这首歌。据说其中一句歌词，"爱上一匹野马，可我的家里没有草原"，引起诸多人的共鸣。有人说，这是一个爱情故事，可以唱给自己喜欢的女孩。我特意去听了，却感到阵阵悲伤。如果换作我，一定不会给自己喜欢的女孩唱这首歌。

我生平有两件憾事：一是没能学习美术，无法给喜欢的女孩描绘肖像；二是不能学习吉他，无法给喜欢的女孩演唱情歌。熟悉我的人，多半知道我喜欢民谣音乐。其实，我并非单纯地喜欢民谣音乐，而是喜欢所有吉他伴奏的音乐。那种孤独、自由和宁静的气息，是其他乐器无法比拟的。更重要的是，吉他带有一种情怀，一种流浪者的情怀。所以，每每看见选秀节目上，歌手诉说自己曾经的贫困与磨难，却又标榜自己的音乐梦想时，我都会感到不可理喻。难道音乐真的已经病入膏肓，沦落到如此孱弱的地步了吗？一个拥有音乐梦想的人，应该同时拥有一个高贵的灵魂。即使贫穷，即使落魄，即使是一个衣不遮体的流浪者，他也可以对着高高在上的国王，竖起中指——除了梦想，没人可以让我低头臣服。

思远，你喜欢吉他的音色吗？还是说，你像别的女孩一样，也喜欢看起来更加优雅的钢琴？你知道吗？我很想了解你的喜好。因为我发现，自己对你似乎知之甚少。我不知道你喜欢看什么电影，喜欢听什么音乐，喜欢读什么小说。我想知道关于你的一切，包括你喜欢雨天还是晴天。

思远，昨天夜里，我刚睡去，梦中渐渐浮现你的影子。就是你第一次给我那张照片的样子。你知道吗？我把你的照片都保存起来了，想你就拿出来看看。我从来没有见过你，却能梦见你，一定是看你照片看得太多，记忆太深，思念太浓。为什么你从来不送我你的照片？每次这么想想，我就觉得很难过。

我的床铺靠近窗户，抬头便能望见墨色深重的夜空。窗外的风，很大，吹出一种夏季特有的凉爽。几株枯死的柳树，躺在路边，被冰雹砸断的枝丫，隐含着秋天才有的落寞。此时此刻，家中只我一人。每当这时，我都会不可遏止地想起你；想你是否正在忙碌；想你是否偶有闲暇；想你用功读书时，一脸认真的表情；想你看电影时，阵阵起伏的情绪；想你考试之前，夜不能寐的焦虑；想你考试之后，如释重负的轻松；想你每夜听见我的晚安，会不会睡得更好；想你每天跟我聊天，会不会感到无聊；想你……也许，我可以列举一百条想你的理由，但它们最终都指向同一个问题：你会像我想你这般想我吗？

我想，大概不会吧。

你总是责怪我。怪我讲话吞吞吐吐，怪我煽情的时刻，却要逼你"抠鼻"。其实，如你这般敏锐，大概早已猜出我竭力隐藏的那些话语。我们认识的时间不长。从5月11日算起，只有短短两个多月，区区六十二天。但是在这短暂的日子里，我们彼此却说了一百二十二页的聊天记录。若是换算成书，那已经是一本《肖申克的救赎》的厚度了。我们彼此分享对方的秘密，就像将自己内心的悲伤与快乐写在纸上，然后折成一架自由翱翔的飞机，投进对方的心海——这是永远不为人知的分享。我愿意永远做一个合格的树洞，倾听你的一切喜悦和烦恼。

然而，我会害怕。害怕自己的鲁莽，让你离开。我是一个重视感情的人。我特别害怕自己原本就不多的朋友，出于某些原因离开。所以我并非对任何人都能敞开心扉，并非对任何人都能毫无保留，并非对任何人都能像对你一样。我不怕一个人走到世界尽头，只怕陪伴我的人不能坚持到最后。

我不敢想象，有一天，你会在我的世界消失。

思远，我最近想买几件户外工具，比如帐篷、烤箱和充气沙发之类的。这样等你来到新疆，我们可以到南山或者桃园，让我老爸带我们露营。南山的风景如画，植被茂密，阳光洒在草坪上，都会散发出阵阵的清香。每年春天，桃园的桃花极其艳丽，粉红色的花瓣缀在枝丫上，远远望去，就像川端康成在《雪国》中描写的樱花一样。

你知道吗？我总是想，两个人在一起做同样的事，那种感觉是最好的。我们读同一本书，看同一部电影，听同一首歌，欣赏思远，你知道吗？我最近没有写博客。不是因为自己的懒惰，是我在给过去相熟的几家杂志写稿。我已经许久没有写过悬疑故事了，时间、精力和身体，都不可与过去相比。虽然被编辑催稿，让我觉得异常疲惫，但是看你为得到奖学金所付出的努力，相比之下，我觉得自己的辛苦根本不值一提。我甚至感到，自己是这样无能，连照顾一个女孩的力量都没有。想想自己过去的自负，真是一种愚蠢的表现。

我想赚钱，想给你买你喜欢的东西。如果可能，我希望你不必再像过去那般辛苦。这也是我重新写悬疑故事的主要原因。虽然身体会有点疲倦，但是这感觉让我很幸福。也许就像游叔说的："一个人的状态，总是最糟的。"快乐无人分享，悲伤无人哭诉；没人会思念你，你也不知该思念谁；一个人吃，一个人睡；一个人饥肠辘辘，一个人大快朵颐；生活没有计划，人生没有目标。这样的日子，太可怕了。所以，我们不能永远一个人。我们需要付出。不管是精神的付出，还是物质的付出；不管这个付出对象是一个人，抑或是一条狗。我们必须清楚地知道，自己所做的一切，并非为了自己，而是有一个人，需要你这么做。你始终被需要着。

无论从什么角度看，我都是一个需要别人而不是被人需要的同一幕风景。于是，两个原本独立的人，因为有了共同的记忆，让彼此靠得更近。你听过罗大佑的《恋曲1980》吗？记得其中有一句歌词："什么都可以抛弃，什么也不能忘记……"我很喜欢这一句。人世间的一切都是如此短暂，没有什么东西永远属于我们。人终有一死，情终会淡漠，唯有那些共同的记忆，将永远埋藏在我们的内心深处。有朝一日，它会像那些泛黄的旧照片一样，在我们年华老去的那一天，在我们孤枕难眠的那一夜，重新浮现在我们的眼前。这是永远不会丢失的宝藏。

我想与你一起，收集那些有关记忆的宝藏。但是可惜，我发现自己卡上的稿费，似乎只够买一顶帐篷。若想配齐所有装备，还缺一笔不小的费用。所以，我只能在网店订一束玫瑰，暂时为你庆生。玫瑰是红色的，十九朵，老板说是"永久"之意。你曾说自己对花草无感。但是我想，每个女孩都应该收到一次玫瑰。我很荣幸，能够成为第一个送你玫瑰的男生。同样，你也应该感到荣幸，因为你也是我第一个送花的女生。

这花，是我用自己的稿费买的，不是伸手向父母要来的。况且用家里的钱给女孩送礼物，一直是我所鄙夷的。所以，你可以尽情欣赏花儿的美艳，吮吸馥郁的花香，不必怀有任何顾虑。而且我答应你，一定努力赚钱，为你来新疆的旅行，做好准备。

人。我很高兴自己能为你做点什么。谢谢你让我体会到一次被人需要的感觉。

　　思远，你愿意给我一个对你好的机会吗？

伯爵在城堡

2013年7月12日

小说作

我们每一个人都不能改变自己生命的长度，
但我们写下的这些文字，
则是时间的凝固，
是生命的延续⋯⋯

唯酒无量

我八岁那年，第一次见到楚平。当时他穿着一件脏兮兮的白衬衣，留着一副齐整的板寸头，还不到三十岁的年纪，掉了四颗门牙，两只眼睛因为长期酗酒外加沉迷老虎机，白眼仁充血，红得像是两颗烂熟的樱桃。他坐在饭桌上，一声不吭，跷个二郎腿来回抖，肮脏的鞋底蹭在旁边一位女士雪白的裙裾上。他不跟别人说话，别人也不跟他说话，就好像他是一个来蹭饭吃白食的主儿，没人意识到他的存在，只有当他在柜台前掏出一摞粉红色钞票时，大家才会突然想起来今天到底谁是主角。

楚平是一个幸运的人。他出生的前五分钟，还有一个哥哥跟他一同来到世上。兴许是哥哥经常在肚子里以大欺小，导致楚平一出生就营养不良，体重还不到四斤六两，是哥哥的一半，而且还患有先天性心脏病，刚出生就浑身发紫。楚平的父亲当时连自己的儿子都养不活，更何况是两个儿子，更何况其中一个儿子还有病。幸好当时部队上有一个团长跟楚家的关系十分不错，那人膝下无子，得知此事后，立马跑来找楚平的父亲，希望他把其中一个孩子过继给自己，还拍着胸脯保证，孩子跟着他们家生活肯定不会差。楚平的父母经过一夜商议，决定把体格强健的老大过继给人家，而把体弱多病的楚平留在自己身边。楚平的母亲叹了一口气，说要是没了亲妈，这孩子就活不长。这么着，楚平的哥哥被送给别人，楚平则留在了父母身边。后来那位团长跟随部队调防，带着一家人包括楚平的哥哥，一起去了四川，从此两家人就断了联系。

所以我说，楚平是一个幸运的人。

出于某些原因，我们家跟楚家多少沾点亲戚。按年纪我得管楚平叫叔，按辈分楚平得管我叫叔。这里面的复杂关系，我懒得解释，你们明白就行。

楚平是一个浪漫的人。高三那年，他爱上高一的一个姑娘。为了等对方，他连续两年留级，终于等到那姑娘和自己站在同一水平线，两人约定报考同一所大学，一起双宿双飞。结果那年，楚平高考落榜，而姑娘如约考上北京一所大学，一个人先飞了。两人分开以后，楚平仍然没有放弃，坚持每周给对方写一封信，日日笔耕不辍，练得一手漂亮的钢笔字。那年头电话还没普及，更没有网络和E-mail，送信全靠邮政局。为此，楚平特意找到自己的同桌——当年同样在北京上学的阿明，请他在邮政局工作的父亲，把自己的信安排在派件单的首位。如此一来，楚平的信件总是第一个投递，邮递员就变成了他爱情路上的忠实信使。

楚平的记性特别好，不仅记得中国的节日，还记得西方的节日。而且除了清明节和万灵节，他几乎任何一个节日，都不忘托阿明替自己给那姑娘带一份节日礼物，他还为此每个月给阿明寄一笔钱。就这么着，楚平穷追猛打了整整四年，而人家姑娘除了第一年给他回过两封信之外，此后再无来信。直到第四年春天，楚平才收到姑娘的第三封信，也是最后一封信。对方说自己大学毕业了，现在准备结婚，新郎他还认识，就是他的同桌阿明。姑娘说，其实她对楚平挺有好感的，如果不是他当初几个月不来一封信，说不定两人现在已经在一起了。姑娘还说，阿明十分细心，知道她喜欢什么，需要什么，经常给她带来生活的惊喜，可能她这辈子再也遇不上对自己如此用心的男人了。

那天晚上，楚平第一次喝酒。他喝得酩酊大醉，借着酒劲儿跑去美容院，叫人给自己绣了两处文身。一处绣在屁股上，是阿明的名字，要他永世不得翻身。另一处绣在胸口上，是姑娘的名字，想她永远留在自己心里。

所以我说，楚平是一个浪漫的人。

我记得那天散场时，楚平已经喝得满面通红。他摇摇晃晃地走过来跟我说了几句话：

"多大了？"

"八岁。"

他又问我不上学一个人在家无不无聊。我说无聊就喝酒呗。其实我说这话的时候，心里颇有几分蔑视。他在我后脑勺上来了一下。

当天晚上，楚平刚出饭店大门，就让四个社会青年给劫了道。不仅钱包、手表、手机被洗劫一空，脑袋还让人开瓢缝了八针，身体里滚烫的鲜血有一半灌溉了夏季鲜嫩的草坪。

【未完稿】

紫色洋娃娃

过去，豆豆每天都会和她的奶奶推着一辆三轮车来到我家楼下，然后过一会儿又会离开。一年三百六十五天，风雨无阻，像是在寻找什么东西，却总是无功而返。

我不知道她们从什么时候开始出现在我的生活里，似乎是从我搬进这个小区时，她们就已经悄无声息地出现了。那辆因为生锈而发出"吱吱"声的三轮车，在黎明破晓的黑夜中，像是出发的哨笛，在黄昏渐暗的天色下，像是归家的号角；我感觉她们正在轻描淡写地成为这个小区的一部分，但我从没想过也许有一天这些声音会突然消失，他们也许会不再出现。

我清楚地记得，第一次见到豆豆时的情景。

那天我花了整整一个上午的时间，把很多废旧衣物归拢进一个纸箱内。如我这般恋旧的人，是不舍得把它们扔进垃圾堆的，但我必须为它们找一个妥当的去处。

我怀抱纸箱，站在院子里，一番苦思冥想，却还是犹豫不决；这时，一辆三轮车从小巷缓缓拐进小区的院子；三轮车后面坐着一个穿紫色棉袄的小女孩，大概六七岁的模样，踩着红皮鞋的两只脚随着三轮车翻越上坡一晃一晃的，像一连串红色的音符。那时我还不知道她叫豆豆，也不认识她的奶奶。我唯一知道的是她们经常在小区里收废品。在上班与返家的人群中，总能听见那辆三轮车"吱吱"的声响，看见那双红皮鞋一晃一晃的影子……

我冲老太太挥了挥手，对她说："你看看这些东西你收不收？"我把纸箱子放到三轮车后面，老太太一件一件翻看着纸箱内的衣物，浑浊的双眼露出些许惋惜，仿佛在说："好好的衣服怎么不要了啊？"我想自己没有办法给她解释，为什么一些曾经时尚、昂贵的衣服，因为陈旧过气就免不掉被丢弃的命运？既然无法解释，索性就不去解释了。

老太太慢悠悠地在箱子底下翻出一个洋娃娃，那是去年妹妹在日本留学时买的，因为洒上了颜料，从粉红色变成了斑驳的暗紫色，从此便被长久地遗忘在床底下。

小女孩似乎很喜欢这个洋娃娃，要了过去抱在怀里。我惊讶地发现这个洋娃娃和小女孩竟然长得极其相似，不仅是那一双大而明亮的眼睛，还有她的嘴唇、她的指甲，都如那洒上染料的洋娃娃一般，泛着轻微的紫色。小女孩对她奶奶说："这个娃娃可以给我吗？"她奶奶说可以，那是你的生日礼物。

我手里捏着老太太找给我的十几块零钱，目送她们离开。小女孩依旧抱着洋娃娃坐在三轮车后面，两只脚随着嘴里哼唱的曲调一晃一晃……

我一直想不明白，为什么她的嘴唇和指甲会呈现出淡紫色，像是涂抹了一层薄薄的油彩。后来我给一位做医生的朋友谈起这件事，他说："那肯定是一种心脏疾病，她年龄这么小，治愈希望还是很大的。"

从那天以后，我开始注意这个小女孩了。

有一年冬天，夜很深了，我从窗户上看见老太太坐在一盏路灯下，小女孩靠在她的身上，灯光把她们包围，使她们不必遭受寒夜冰冷的侵袭。过一会儿，小女孩似乎渐渐睡熟，老太太则将自己那件单薄的外衣盖在小女孩身上，而自己的身体却被冻得瑟瑟发抖。

我从家中找出一条棉被，然后下楼，交给老太太，她对我说谢谢。我问她这孩子叫什么，几岁了，她说叫豆豆，七岁了。我说到上学的年龄了！她的爸爸妈妈呢？老太太说她没爸爸妈妈，说完，叹了一口气，又说道："我收养过十二个孩子，他们有的找到了亲爹妈，有的人愿意当他们的亲爹妈。唯独这孩子可怜！她亲爹妈不要她，也没人愿意当她亲爹妈……"老太太把豆豆抱上三轮车，推着车子渐行渐远。

天空漆黑如墨，她的背影在寒风透骨的夜色里显得苍凉而落寞。

豆豆是一个孤僻的孩子，她从来不和同龄孩子玩耍。我经常看见她坐在三轮车上，望着远处三五成群的几个跳皮筋的女孩，一动不动地看着，那眼神就像一只脱离族群的小鹿。我问她为什么不跟她们一起玩，她不说话，低头摆弄手里的洋娃娃，两只红色的小皮鞋因为拘束不安而一晃一晃的。我有一回听见豆豆在院子里自言自语，我悄悄走进才发现，原来她在对那个紫色的洋娃娃说话。那一刻我忽然明白，在她的世界中，她一定认为那紫色的洋娃娃和她才是同一类人：比如没有爸爸妈妈，比如没有朋友，比如颜色愈加深暗的唇色与指甲……是啊！有些人注定无法融入世界，因为世界早已将她们抛弃。

我有很长一段时间没有再见到豆豆，那段时间我去旅行了。当我从外地回家时，我给豆豆买了一个新的洋娃娃，并且给她和她奶奶带来了一个好消息。我那一位当医生的朋友，婚后一直没有孩子，我给他说了豆豆的故事，他表示愿意领养豆豆，并且带她去医院积极治疗。我觉得这对豆豆和豆豆的奶奶来说，都是一件好事情：首先，老太太不必再有如此大的生活负担，其次，豆豆从此以后不仅有了爸爸妈妈，也有可能成为一个健康的孩子。

如果生命是世界第一次为人类敞开大门，那康复就是第二次。

那天下午，豆豆的奶奶一个人推着三轮车，她在小区游荡了很久，似乎没收到几件废品，三轮车依旧空荡荡的。我告诉她我朋友想收养豆豆的意愿，我以为她多少会有些惊喜，至少也该有一点不舍，但出乎意料的是她竟然无动于衷。我说："我朋友人很好，家庭条件也好，豆豆跟着他们不会受苦的。"老太太笑了笑，说不用了。我说："怎么不用了？我知道您舍不得豆豆，但您应该为豆豆的将来着想才对。"她说豆豆已经走了！我问她豆豆去哪里了，她没有回答我的问题，而是推着三轮车从我身旁离开；擦肩而过的瞬间，我隐约听见一声低沉的叹息。

我凝视她佝偻的背影逐渐远去，直到在夕阳沉重的余晖下涣散消逝。

三轮车依旧"吱吱"作响，可是那孩子的双脚却再也没有晃动，取而代之的是挂在三轮车上的紫色洋娃娃，随晚风摇曳出一袭孤单的影子……

阁楼中的宝藏

前几日，我回到乡下的老房子去收拾杂物，这栋老房子有五六十年的历史了，墙面上处处都是裂纹，几乎成了危房。按理说这破败不堪的旧宅，已经没有什么值钱的东西了，但旁人不知，在它一派荒凉的外表下，竟然还隐藏着一段一百多年前的秘密。

要说这秘密是什么，我还真不知道，但我知道这栋老房子的上层有一个神秘的阁楼，小时候兄弟姐妹调皮捣蛋，玩的净是些无法无天的"混账"游戏，但无论怎样泼皮耍赖，都不曾有一人敢进阁楼一步，家里的老人也明令禁止，不许我们进去胡闹。我儿时喜好看小说，常常猜测那阁楼里，莫不是一间阴气极盛的"鬼楼"，才会令人这般谈虎色变。然而直到我亲自开启那扇木门时，我才知道，哪里是"闹鬼"那么简单。

那阁楼的门上长年挂着一把铁锁，钥匙只有我爷爷一人掌握，直到前几月，我们搬去市区的新房，他老人家才不得已把钥匙交给我，托我把阁楼内的东西，小心搬出。我这才明白，原来那阁楼中锁的并非什么"幽灵鬼怪"，而是一件真实的、看得见摸得着的"东西"。

我拿着钥匙打开阁楼的房门，十几年来按捺下的好奇心，这时突然倾巢而出，随之而来的还有兴奋和恐惧。从我记事起，这间阁楼就基本上处于封闭状态，一间房子如果长年不通风不透气，味道绝不是好闻的，可是我一开门并未闻到某种刺鼻异味，反而有种淡淡的墨香沁人心脾。

阁楼里的陈设很简单，一眼就看得过来，除了摆满琳琅满目的雨花石的铁架子，就要数地上摆放的几口大木箱最为显眼了。这些箱子是木头做的，表面有一层朱漆，每个箱子的锁眼处，都扣着一把生锈的铜锁，又沉又重，单看那箱子的体积，足以装下一个十岁小儿。这么多的木箱，还都上着锁，这里面究竟藏的是些什么？我心里一阵好奇。

老爷子没有允许我打开箱子，但我此时好奇心难以抑制，也就顾不了那么许多了。虽然没有这几把铜锁的钥匙，但我早年曾跟一个"高人"，学过几天旁门左道的功夫，像这种老旧不堪的铜锁，对我来说算不得什么难事。我从旁边一个针线盒中取出一枚曲别针，对着其中一个锁眼轻轻一捅，就听见啪的一声，铜锁轻而易举地就打开了。

木箱的重量十分沉重，入手的感觉和分量，绝对是材质上好的实木。我费力地掀开箱盖，顿时灰尘飞扬，只见箱内装的都是一些泛黄陈旧的古书，绝大多数都是旧书市场见过的那种线装书，一本一本码放得整整齐齐。

我家并非什么书香门第，全家上下算上户口本，大概也找不出来十本书，而这时突然发现，家中埋藏多年的秘密，居然是这一箱子比厕纸强不了多少的破书，不禁有些大失所望。我又打开其他几口箱子，无一例外的都是装满各种各样的书，其中一个装了许多褐色的、封面印着日文的笔记本，我无意间翻开一看，原来这些都是我太爷爷留下的日记本。

虽然我家里几代人，肚子里都不曾有几滴墨水，但是听我爷爷说，在过去的一百多年里，家中族人无论男女老幼，那皆是饱读诗书之人。尤其是我太爷爷，据说他曾经远赴日本求学，是当时有名的外科大夫。日军侵华期间，他曾在南京的保护区内建立临时医务室，救治过许多被日军摧残蹂躏的无辜百姓，是名副其实的南京大屠杀的亲历者。

我在好奇心的驱使下，拿出几本随便翻着看了看，我太爷爷名叫胡广凌，日记中记述的都是他在日本留学时的经历，以及回国后的一些生活琐事，但是书中的内容却令人难以自拔，其中的一段经历更是离奇古怪、跌宕起伏，简直比小说还要精彩。

因为原文都是一些文绉绉的言辞，而且是日记体，读起来未免过于烦琐，所以我在下面会对文章略作简化，以第三人称的方式讲给大家。

事情发生在1925年的秋天，当时，三十岁的胡广凌刚刚从日本留学归来，在"上海日租界"开办了一家西医诊所。那时候上海的正式称谓还叫"上海国际公共租界"，主要控制权都在美、英、法等西方列强手里，而所谓的"日租界"，不过是老百姓对上海虹口日本人居住区的习惯称呼。

那年头，日本人在上海滩横行霸道、胡作非为，甭管你是做什么生意的，都要和日本人搞所谓的"合作"，哪怕是一个道场的小小武夫，也要"无本三分利"，你若得罪了他们，就连那巡捕房中的公差衙役都不会放过你，更别提那些打着商人幌子的日本军官了。不过，胡广凌当时完全不需要考虑日本人的威胁，因为他与当时负责"日租界"安全防务的平谷一郎，是日本留学时的同窗校友，所以没有几个日本人敢去找他的麻烦。

可是你不闯祸，却也架不住"飞来横祸"，这件事情，险些让胡广凌葬送在日本人的枪口之下。

话说一天傍晚，胡广凌最后一次查完房，正准备从诊所离开，他的住所离此地还有一段距离，便想搭乘一辆黄包车，可是他四下张望，只见街道上显得秋风萧瑟，异常凄凉，连一个黄包车夫的影子也未瞧见。听说白天，一位日本领事在"日租界"遇刺身亡，巡捕房的爪牙们立刻实施了宵禁，贫家百姓害怕惹祸上身，纷纷闭门不出，哪里还敢随处乱走。

无奈之下，胡广凌只得一人徒步走回家中，借着那冷月辉星的微弱光芒，步伐急促得好似脚底生风，走着走着，他忽然发觉自己身边有些异样的声音。

这胡广凌本就是心思细密之人，再加上生逢乱世，平常出门行走，更加是小心谨慎。这时，他隐隐约约听见，在这条空无一人的街边小路上，竟然出现了一阵凌乱细碎的脚步声，他猜测这必是身后有人在跟踪自己，此时万万不可回头望去，不然跟踪者狗急跳墙，自己就更加难以脱身。

他下意识地低头，只见地上影影绰绰、树影婆娑，看不清身后是否有人尾随跟踪。胡广凌走到前方路口处停住脚步，发现附近左右无人，便一个闪身，迅速躲进旁边一个幽深的小巷。

他微微侧目向外张望，忽见一只浑身黑色、身形轻盈的瘦猫，直愣愣地站在了路口，绿莹莹的猫眼四下打量，接着又向别处窜去。

胡广凌吁了一口气，原来是一只黑色的野猫跟着自己，难怪看不见它的身影，他一边想一边走出小巷。就在这时，突然一只手从身后捂住胡广凌的嘴巴，将他又拽进巷子里，同时在他耳边轻声道："别动，我是中国人，不会害你。"

这时候，巷子外面有四个巡捕房的巡捕，正好巡逻路过此地。胡广凌本可以向他们大声呼救，但他听见此人与自己一样是中国人时，便没有这么做，那几个巡捕拎着酒瓶子，很快就离开了。

胡广凌从对方手中挣脱，回头一看，眼前是一男一女两个人，男的高高瘦瘦，面色惨白，一身灰白的粗布衣服，右肩处一片殷红色，明显是受了重伤。那女子的身材也比一般女人要高挑得多，一身男儿装的打扮，一边搀扶着那个受伤的男人，一边急切地说道："我们刚才也是迫不得已，请胡大夫不要见怪。"

胡广凌看那女子说起话来细声细语，也不似恶人，便问她："你们是什么人？这位先生看来怕是受伤了吧？"

女子答道："他受的是枪伤，还望胡大夫救他一命！"

胡广凌小心翼翼地把两个人带回自己的诊所，替受伤的男子取出了弹头，缝合了伤口，又打了针，这才问道他们是从何而来，去往何处？却不料此二人口风甚紧，无论怎样盘问，愣是不说自己的身份底细，只是一个劲地说，自己夫妻二人在上海滩惹了仇家，希望胡大夫看在同为中国人的份上，连夜把他们送出城去。

当年的上海，除了外国人横行霸道以外，还有各路帮派林立，这里面的恩恩怨怨、利益纠葛，局外人是说不清道不明的，而要胡广凌突然之间，把这样两个素不相识的人连夜送出城去，他是断然不会答应，谁知道他们是得罪了哪位帮派头目。

那男子万般无奈，只好道出实情。这对男女本是夫妻，男的姓黄，祖祖辈辈居住在北平，是个名门富户，只因家道中落，不得已才来上海投奔亲戚，可惜世态炎凉，那一家人全然不顾同族情分，硬是将他们二人扫地出门。

夫妻俩来到上海多日，身上的盘缠早已用尽，眼看就要露宿街头，只好将家中祖传的一幅名画拿来变卖，换几个吃饭的小钱，可有道是"盛世古董，乱世黄金"，这世道荒乱，还有几人有闲情逸致去花钱买张破字画呢？

但是天无绝人之路，就在这二人走投无路之际，有一个识货的英国商人出了高价，要他们跟他去取钱，一手交钱，一手交货。这夫妻俩心智淳朴，便也没多想就跟人家走了，岂知那英国商人把他们骗到了"英租界"，进了英国领事汤普森的公馆，拿了他们的字画，又不给他们钱，还将他们二人强留在公馆，当了打杂的下人。

这黄姓男子也是个血气方刚之人，气不过对方仗势欺人，硬是趁着月色朦胧的夜晚，溜进公馆的储物间，取走了自家的字画，趁乱带着妻子逃了出来。不料刚刚跑出大门，身后一群荷枪实弹的洋人卫兵，就在自己背后打了黑枪，下了杀手，饶是他二人命不该绝，一排子弹过去，竟然没有一枪打中要害。

他们夫妻二人听闻，在"日租界"有个连日本人都不敢招惹的中国医生，所以是特地来寻求胡广凌的搭救，说完，黄姓男子从怀中掏出一卷画轴，递给胡广凌。

胡广凌接过画卷，看见好端端一个名门望族的大少爷，此时竟混得这般灰头土脸、狼狈不堪，像这样的人不知道还有多少。一时间心头百感交集，他说："你二人大可放心，这英国人与日本人向来是心存芥蒂，只要是躲在我的医馆里，他们绝不会找到你们，明日一早，我便托熟人将你们带出上海。"

这夫妻二人听到此处，立刻跳了起来，说自己惹了这么大的麻烦，再留下去恐怕夜长梦多，而且事情万一牵连到胡广凌的身上，岂不是旁生枝节？

胡广凌觉得他们说的有几分道理，而且白天"日租界"发生了日本人遇刺事件，这地方的确是不宜久留，万一让日本特务知道了，有一个受了枪伤的人躲在自己的诊所，到那时，平谷一郎怕也保不住自己了。

可话虽如此，这深更半夜的，如何把两个大活人送出城去呢？正思索间，忽听门外响起一连串急促的叫门声。胡广凌急忙把这夫妻二人藏进手术室，叮嘱他们千万不要出声，自己则像平时一样，慢悠悠地走去开门。

门一打开，来人不是别人，正是胡广凌在日本留学时的同窗校友——平谷一郎。他身后还跟着十几名穿着黑色制服、面色铁青的日本人。

【未完稿】

烧红的月亮

1

　　很久以前，在网上认识一个学习美术的男孩。他时常在博客里，展出一些精美绝伦的油画作品。有人物，也有景物；画风唯美、细腻，栩栩如生；配图文字具有古典诗词般的浪漫气息。这种文艺格调浓重的圈子，总能吸引很多年轻人的目光。点击率飞速增长。

　　但是，他和一般的画家有所不同。每当他挂出一幅新作品时，他都要在色彩艳丽的油画下面，贴上一幅名为"时间之眼"的素描本。内容和之前的油画遥相呼应。若前者是苍翠欲滴、生机盎然的莽莽林海，后者则是枯枝败叶、死气沉沉的阴暗荒原；若前者是流光溢彩、火树银花的繁华都市，后者则是万籁俱寂、渺无人烟的贫瘠小镇；若前者是风华绝代、艳冠群芳的绝世佳人，后者则是衣衫褴褛、满目凄凉的老迈妇人。

每每看到此处，我都会感到窒息般的压抑与难过。那种用铅笔勾勒出的潦草图案，充斥着空虚、无助、灰暗、绝望、阴郁和死亡的气息。仿佛使人类褪去一切华而不实的骄傲伪装，直面镜子里的自己是如何的丑陋与凄惨，令人对未来心生庞大而森然的恐惧感。无法逃避，更无法退缩。

我问他，你为什么总是那样大煞风景，总要破坏人们心中的美好景致。

他说，美丽的事物总是短暂而匆忙，它们没有永恒的根基。

那是我们第一次说话。

我们从来不问对方的身份和姓名。他叫我伯爵。我叫他佛朗。

佛朗经常说，人们总是习惯相信眼前的美好，而忘了任何美好的事物，都有从辉煌走向衰败的那一天。花开自有花落，相聚还有别离。时间就像一只目不转睛的眼睛，它看清了虚假，看清了残缺，也看清了岁月的残酷。

这就是为什么"乌托邦式"的美好愿景，总会在时间的注视下，露出马脚。

我说，这就是你的人生哲学吗？

他说，不！是惨痛教训。

2

佛朗曾经画过一幅令人印象深刻的油画。画面中，暗黑色的油墨将天空晕染得深邃而富有神秘感。一个形销骨立的男人，蹲坐在一块布满青苔的石板上，神色漠然地眺望着远方繁星密布的无垠夜空。一双充满希冀的眼睛，仿佛流淌出清冷的银色光芒，澄澈明亮，让人不忍注视。

佛朗异常偏爱这幅油画。把它挂在博客最显眼的首页，让每一个浏览者进来都能看见它。

我问他，这个眼睛漂亮的男子是谁？

他说，是一个傻子。

他的回答，曾经让我一度以为，画中的男子就是佛朗自己。只不过他不承认而已。

后来，我才知道，那幅画不只一幅，而是一套有主题的系列作品，名为"月殇"。每幅油画，都是以那名男子为主角进行创作的。风格上也是一脉相承。画中的男子变换着各种姿势、角度，但无一不是仰望星空的姿态。仿佛那是他不可违背的一项使命。

佛朗给男子的眼睛绘出了迷人的光影效果，使他的眼睛看上去就像一盏盛满月光的透明玻璃杯。

大概是我看得太仔细吧。我有一天忽然发现，这几幅油画虽然都以辽阔无垠的星空为背景，但是，却没有一幅画出现过真正的月亮。连月亮的影子都没有。

我把我的发现告诉佛朗。他说，月亮早就落进傻子的眼里了。

【未完稿】

原谅我，不能再带你一起飞翔

1

2月13日，情人节前夕，欧阳给我发来一封E-mail，他在信中说：我失恋了。

欧阳生性孤傲、不羁，我从没听说他有过女朋友，更别提失恋了。他是一个背包客，喜欢像独行侠一样在荒无人烟的地方以身犯险。去年一年，他音信全无，我甚至一度以为他会出现意外，客死他乡。他圈里的朋友说，他们已经超过半年没和欧阳有过联系了。这次忽然收到欧阳的来信，我如同看见一个已经申报死亡证明的人，突然活生生地回来，高兴劲儿远比不上好奇心。我立即给他回了一封信，问他这一年都去哪里了？为什么一点音信也没有？还准备走吗？他回信说，他永远也不会走了。我揣摩他这句话别有深意，问他为什么？他说，他以后可能要与轮椅相伴一生了！我心里咯噔一下，我说，到底发生了什么？为什么会这样？他好半天没回复我，过了一会，他说，因为她。

我猛然想起他写给我的第一封信。我想，这一切，必然和那个我未曾谋面的女孩有关。我尽量用以往的语气对他说，你要是想跟我谈点什么，我不反对。这封信就像石沉大海，好长时间也没有收到回信。直到午夜零点的钟声敲响 —— 情人节到了 —— 我才接到欧阳写的一封长信。

2

欧阳是在体育馆认识那女孩的。那是去年 CBA 联赛的一场重头戏 —— 福建队主场迎战山东队。欧阳是山东队的铁杆球迷，而他那时正巧在福建度假，自然不会错过。他赶到体育馆的时候，比赛已经开始，大部分球迷早已入场。在体育场入口处，欧阳看见一个坐在轮椅上的女孩，手里捧着一条水蓝色的横幅，看颜色和队徽便知，那是福建队的加油标语。在那女孩面前是一条宽阔而明亮的入场楼梯，台阶并不高，每级大约十五厘米，但这高度足以把她阻挡在外。

欧阳见周围再无旁人，便问那女孩需不需要帮助。那女孩并未拒绝。

体育场的观众席大致分为前半区和后半区，前半区是主场的福建队的球迷，而后半区则是客场的山东队的球迷。欧阳按女孩提供的座位号在前半区找到了她的位置，那时双方球迷并未全部入场落座，所以没花多少力气。可当欧阳准备去后半区找自己的位置时，体育场的观众席已经拥挤得如同一个沙丁鱼罐头，雷霆般的欢呼声此起彼伏，仿佛用声音织出一道密不透风的网。欧阳只好在附近找一个位置，正好那女孩身边有一个空座，他便想当然地坐下来。

可能是欧阳不擅长与异性搭讪，也可能是那女孩经常收到异性的殷勤，所以对欧阳的帮助并不心存感激，总之这俩人一直到比赛开始，都没说过一句话。

裁判员一声哨响，比赛开始，山东队先发制人，连续打出多次精妙配合，士气大振。所有福建队的球迷都沉浸在沮丧与失望的情绪中，唯独欧阳跳起来，高声欢呼。福建球迷如同审视叛徒一般，死死盯着欧阳。他看看周围，自知气氛不妙，只能安静坐回原位。那女孩看着欧阳憋红的脸，扑哧一笑，缓解了些许尴尬。

中场休息的时候，啦啦队上场表演。欧阳忙里偷闲地问那女孩叫什么名字？女孩说，她叫云荷，彩云的云，荷花的荷。欧阳说很少见的名字，女孩笑而不语。

啦啦队的表演火爆热辣，把现场观众的情绪感染到高潮。云荷突然拉拉欧阳的胳膊，提醒他等会啦啦队会表演一个非常精彩的节目，而且是首次演出。欧阳听了，全神贯注地盯着赛场中央的表演，生怕错过每一个动作。果然，在临近尾声的时候，两名啦啦队员拉出一张弹簧床放在球筐下方，这时，站在后面的一名啦啦队员突然助跑，跳上弹簧床腾空而起，在空中做出一连串复杂的翻转动作，最后把手中篮球灌进篮筐。全场掌声雷动。

欧阳问云荷："你怎么知道会有这个表演？"云荷说："因为我也曾是她们中的一员。"她说完，拉开手中的横幅，上面并非加油标语，而是一张啦啦队的合影。云荷站在照片中间，笑容迷人。

3

云荷身上到底发生过什么，欧阳并未告诉我太多。我只知道，云荷之所以会从一个活力四射的啦啦队员变成一个轮椅上的

"伤员"，都和那个"空中灌篮"的动作有关。应该说，云荷是那个动作的真正发明者。而在无数次成功排演的情况下，她绝不会想到自己会在正式演出时出现情绪紧张，因为紧张而出现失误；这个失误使她落地时脱离了安全气垫，狠狠地摔在篮球馆坚实的木地板上，再也没有站起来。

那天看完比赛后，欧阳把云荷从体育馆送回住处。那是远离市中心的一片老式居民区，一排排鳞次栉比的平房院落，家家户户用围墙隔开，没有楼梯，没有喧闹，安静祥和且出入方便。云荷请欧阳进屋喝水，说自己一个人住，平常没有人会来，家里没有预备茶叶。

欧阳坐在沙发上，发现这是一套两居室的房子，屋里的东西虽然繁乱，却乱中有序，正面一间书房兼卧室，旁边有一间小屋，房门紧闭，茶几上放着一本玛格丽特·杜拉斯的《情人》，法文原版。云荷说，她已经很长一段时间没有出过门了，如果不是以前的同学来找，她可能不会再去那家体育馆了。两个人有一搭无一搭地聊着。云荷去倒水时，欧阳随手拿起桌上的书翻看，书的其中一页夹着一张年轻男子的照片。他趁云荷回来之前把书放回原位。

欧阳离开时，指着桌上的书说："这本书原有两个版本，有些内容大不相同，另一版本，恰好我有，下次带给你。"

4

欧阳去给云荷送书，发现她气色不好，问了才知道，她已经多日低烧不退。欧阳执意要送她去医院，她不肯，说自己在这座城市无亲无故，别人都有亲人朋友探望，她没有，与其承受这种心里的孤苦，倒不如忍受身体的病痛来得轻松。

那段时间，欧阳经常去看望云荷。他发现云荷在平日的生活里，异常安静，安静得就像万籁俱寂的黑暗中，一盏微弱的烛光，让人担心它随时会悄然熄灭。

有一天，欧阳突然想起书中的那张照片。他想如果照片中的年轻男子是云荷的男朋友，为什么这么长时间他都不来看她？如果已经分手，云荷为什么还要保留他的照片呢？可是他不敢问，他担心勾起云荷那些不愉快的记忆。后来两个人谈起那本杜拉斯的《情人》，欧阳说："书签上那男人很帅，是哪个明星吗？"云荷说，他叫林，是她的男朋友。他对云荷很好。她出事之后，他也并没有提出分手，而是悉心照顾了她几个月。后来他得知香港有一家医疗机构对这类脊柱硬性损伤有新的治疗方式，他便立即赶去咨询。临走时，他说，等他回来带她去雪山看日出。

欧阳问她："那后来呢？"云荷说："后来？后来……后来他再也没有回来。"

云荷的身体状况渐渐好转。那天，她接到欧阳的电话，说要带她去一个地方。欧阳来的时候，骑了一辆黑色的、造型夸张狂野的摩托车。他让云荷坐在后座抱紧自己。云荷不敢，有些犹豫。他保证说自己会骑得很慢。

他带着云荷穿梭在每一条宽阔的公路与狭窄的隧道中，仿佛以最张扬的姿态在这座城市的脉络间肆意游走。他对云荷说，这辆摩托叫哈雷，美国人喜欢把骑哈雷摩托的人叫作"地面的飞行员"，因为第一批"哈雷迷"就是由美国退役的战斗机飞行员组成的，哈雷服就是在飞行服的基础上设计的。这批飞行员发现，摩托是最接近飞翔的运动，汽车只有前进与后退，而摩托还有侧倾与仰角，凌空时，甚至还可以俯冲。对于不能正常行走的人来说，正常行走就是一种限制；对于正常行走的人来说，自由翱翔就是一种限制；而驾驶哈雷在这片钢筋水泥筑成的天空下急速驰骋，就是人类摆脱限制与束缚最有效的方法。

他说："人类，生而孤独。但若能像苍鹰般凌空傲视，远离人间的挣扎与纠缠，那即使孤独至死，也是一种骄傲与圣洁。"

那夜，云荷哭了。她的泪水被迅疾掠过的晚风融化了。

5

欧阳做出一个决定，他要带云荷去登雪山，看日出。他要替林履行那句未及实现的诺言。

对于欧阳的登山技术，我是知道的。带一个脊柱严重受伤的病人进行攀登运动，固然是一种挑战，但对他来说并非没有可能。更何况，他还联系了以前一起合作过的几名专业登山运动员，告诉他们自己的想法，他们都很支持，说英国曾有一对盲人夫妇登上过阿尔卑斯山，并且在山头拍过一张合影，当年这张照片还获得了普利策新闻奖。如果他们这次的活动顺利，肯定影响力更大。这无疑增强了欧阳的信心。

经过筛选，他们最终把目的地选定在新疆天山山脉东段，5445 米的博格达峰——那里被称为"雪海"，山顶的积雪终年不化，闪烁着永恒的银白。

当登山队一行人来到目的地时，他们得知了一个坏消息——博格达峰马上就要进入一年一次的封冻期。一旦进入封冻期，所有人都将禁止进入，否则会有生命危险。

也许，对旁人而言，这仅仅是一次无功而返的旅程，但对云荷来说，却无异于一次重生——是她新生活的开始。欧阳不希望在她即将走出人生低谷的时候，内心又再次笼罩上失望的阴霾。他没有告诉云荷这个消息，因为他知道自己不能就这样回去。

当天晚上，欧阳瞒着全队的人，一个人开着越野车带着云荷继续前进。

但是，当时的欧阳根本不会想到，自己日后会为这个决定付出怎样的代价。

云荷问他："我们去哪？"欧阳说："当然是去看日出，这不是我们说好的吗？"

可惜，他们最终也没有登上雪山，更没有看见那天辉煌壮丽的朝阳。

越野车开到一半，他们遇上了一场并不罕见的雪崩。虽然冰层断面不深，但滚滚雪潮足以把他们的车子掀翻。

欧阳凭借一丝尚存的意识挣扎苏醒过来，发现坐在后座的云荷已经昏迷。他想把她从侧翻的车中抱出来，却发现她的衣服和靴子死死地卡在变形的车座底下。欧阳只好爬回车里，解下云荷的靴子和外套，才把她从车里抱出来。

昏迷中的云荷如同一只熟睡的小鹿蜷缩在欧阳怀里，身体单薄瘦弱的她在寒风中冻得瑟瑟发抖。她的双脚是光着的，虽然不接触雪面，但在意识不清的情况下，这是极其危险的。欧阳把自己的外套和鞋子都穿到云荷身上，而自己就这么抱着云荷，麻木般地朝宿营地走去。冰雪在他的袜子上融化成水，水又结成冰，但他毫无察觉，只知道一味地赶路，否则只有死亡。

他就这样赶了很远的路，他甚至可以看见不远处有星星点点的火光 —— 那是营地的篝火。可是这段距离仿佛隔着亿万光年，穷尽人类全部的生命也触不到它的边缘。最后，他颓然跪地，再也没有力气站起来了。

等云荷苏醒过来，她已经躺在医院的病床上了。我不知道她会不会记得，她和欧阳几天前经历了什么，因为当他们遭受磨难时，她已经沉沉睡去，而她的记忆只会留下：雪山与日出、诺言与甜蜜。

云荷问医生欧阳的情况，医生说，他已经转到更大的医院了，说完，交给云荷一封信。

我一直在想象，当云荷从医生口中得知，欧阳的双脚因为冻伤导致肌肉组织坏死而不得不进行截肢手术时，她会有怎样的心情？是自责？惋惜？内疚？痛彻心扉？还是即将走入光明却又落入黑暗的惶恐不安？

关于那封信，欧阳不愿意告诉我全部内容。我只知道信的最后一行：

原谅我，不能再带你一起飞翔。

记日记

生活一旦被书写在纸上，有朝一日就会成为历史。

2009-12-31 下午 让人模糊的天气

不知为何，脑袋里面再也挤不出一个字来，前一段时间的灵感大爆发是不是意味着现在的思维枯竭，太难受了！感觉自己就像一个被掏空的椰子，没有任何营养与水分，只有一副空空的壳、等待被风干的果肉。

为了更好地激发灵感，我准备以残酷的方式锻炼自己，每天至少写五篇。

平时没事就开始构思，直到我找回灵感。

今天是十二月三十一号，2009年的最后一天，这一年发生的事也不少了！

虎哥与乐姐订婚，运姐去上大学，源源即将步入初中，自己的父母也在婚姻的尽头徘徊。自己已经十七岁，也即将步入成年人的行列，但……除了年龄的改变，自己还有什么改变啊。

人生最可怕的不是岁月的变迁，而是在岁月中你没有任何变化。

2010-3-23　上午　晴

三月二十三日，我人生的第十七个三月二十三日。

是不是一到生日就会感到失落？是不是一到生日就会感到寂寞？

还是只有我？

在时间的冲洗下我已经不能如童年时那样丰富多彩了，现在的我像是一块白色的画布，等待大师将惊世骇俗的和煦日光、绚丽彩虹、光明未来赋予我，或者，被弃于街头，任人涂鸦。

如果说伤痛是人生无法摆脱的一部分，那么尤以青春如此。

如果说伤痛是横亘在青春路上的一道关卡，那么不止青春如此。

因为你迈过这道关卡，后面还有无数关卡在张开双臂等待你的光临……

究竟是青春滋养了伤痛，还是，伤痛在蚕食青春？

2010-5-20　下午　晴

有人说："早晨七八点的太阳是最有朝气的，下午五六点的太阳是最无力的。"可是那些人却不知道，西下前的太阳有着让所有人都畏惧的压抑光芒，那是太阳落山前垂死的挣扎。

我不想投稿！真的！我觉得现在还不是时候，那些简单的文字一定会被无情退回，写作也不会因为稿费多少而受影响。那只是一种爱好，我喜欢写字的感觉，因为那是时间的凝固，是生命的延续，也是我的精神。我的精神不会被任何事物所牵引，我的灵魂，永远在纯白色的海洋中漂浮……

2010-6-4　下午　晴

刚才不小心把"2010 年"给打错成"2001年"，这个大意的错误突然让我冒出来很多很奇怪的想法。第一个出现的是小时候吃年夜饭那天把姥姥家的瓷猫的尾巴给摔断了！当时就像犯错的孩子（其实也确实是犯错的孩子）一样小心翼翼地把尾巴粘了回去，希望能没人发现。可惜的是一拿出去所有人都发现了，当时我还很奇怪为什么连一个人都没蒙住？拿起瓷猫仔细看看，原来我把猫尾巴给装反了。

记忆像漫无目的的幽灵。

带我来到阳光非常和煦的下午。

我记得小时候一到下午就会拿起水彩笔画太阳，其实太阳在上午画才对，只是觉得上午画太阳实在太热了！那完全是一种折磨，就好像在盛夏时节喝一碗冒着热气的姜汤，从里到外都燃烧着火苗。

而下午就不一样了！下午的太阳既有初升时的明亮，又有黄昏时的凉爽。喝一听冰镇的可乐，伴着徐徐微风，马路上无数汽笛为你奏乐，那感觉太惬意了！只是如此美妙的景色必须要有好的画家才能保留。如我，画画只有三个步骤：1. 画圆，2. 上色，3. 签名。现在想起来真为那些纸可惜。

本来是想写最近的，却莫名其妙写到了以前。也许记忆就是用来蔑视现在的，曾经我们总是抱怨生活的无聊，对未来报以无限完美的期待。所以那个时候疯狂地想日子能过得快一点。可是我们现在就生活在"未来"了！但我们却发现"未来"同样很无聊，甚至不如以前。所以回忆便明目张胆地跳出来，用近乎羞辱的口吻评价着现在。每当这时候我们又开始怀念以前了！而且怀念得没有一丝无聊，即使无聊，我们也是有滋有味地无聊着。

可是回忆毕竟是回忆，我们不能活在回忆里。那该怎么办呢？

所以我们又开始畅想"未来"……

2010-7-27　晚上　黑蒙蒙

我把村上春树的短篇小说集只阅读了一半便打开日记本，准确地说是其中一个故事的一半，因为整部小说集早已经到了结尾部分。每当一本书快到结尾时，右侧的进度条似乎就会遇到某种阻力，总是停滞不前。虽然情节还在一行字一行字地移动着，但还是会给我感觉这是一部永远不会完结的优秀短篇小说集。

但我知道，它其实早晚会结束。

只是我不希望这样而已……

每次写作都会感到无限的疲惫，这样的感觉同样是我不希望的。记得我给我的朋友说过，每当感到自己已经到达力不可支，甚至是崩溃的边缘的时候，我就会打开七堇年、落落、笛安、叶阐的博客或者部落格，看他们的平凡生活，看他们的喜怒哀乐，看他们的孤独寂寞，看他们的愤世嫉俗，还有写作的紧张与背后的辛酸……

这会让我产生一种极端真实的幻想，这种幻想的内容其实是很奢侈的。我会幻想当这篇文章或者短篇小说在距离交稿底线的最后一刻完成时那种如释重负的感觉，我会幻想在午夜时分与笛安讨论究竟人物应该极端化处理还是复杂化处理，我会幻想在因为迟迟没有灵感而一字未写时被效率女王七堇年催稿的那种紧迫感，我会幻想被落落看作毛头小子时的那种幸福的气愤感，我会幻想与叶阐第一次相遇便一见如故互相当作死党的依靠感。我会幻想很多很多，因为这会让我感觉自己是和他们在一起并肩战斗的。而我的力量与动力就来自这些幻想。

虽然这只是一种比梦境还要遥远的幻想，但是它的质感让我觉得很真实，这是什么原因我现在还不明白，或者会不会明白。

希望，有的时候可能也来自幻想吧？

2011年6月30日　16:59:34　阵雨

我们的生活都不完美，但也不悲惨。完美的生活是不存在的，只要你会思考，你就会烦恼。

有的时候，自己会有许多想法，并且会及时把它们记录下来，这和以前比起来，已经进步很大了。我应该习惯书写，这些写下来的文字，是时间、心血、青春、生命的凝结，没有人能改变生命的长度，但人类的精神，一定会在字里行间中永存。

　　最近我的生活有不小的变动，W一直在邀请我和他一起办杂志，让我做他的栏目主编，虽然我想从事和文字有关的工作，但这和我最初的理想是相背离的。我不确定自己的选择是否正确，但我觉得坚持自己之前的选择，总不会有错。

　　一直认为自己是一个懒惰的人，至少还不够努力。我们一定要学会管理自己，因为只有能管理自己的人，才有可能管理别人。

2011年10月1日　10:58:36　晴

　　伯爵，今天我要和你谈三个问题。

　　第一个是关于人生的问题。

　　我知道，在你不长的人生中，所有和往昔有关的记忆，无不伴随着痛苦与煎熬、疾病与折磨，但你要牢牢记住，在这个世界上，承受痛苦的并不是只有你一人，至少你比那些死于战火、亡于灾祸的无辜之人要幸运得多，因为你还拥有生命，你还拥有时间。世界上还有什么东西，比用生命感受世界，用时间认识世界更珍贵？我希望你能像那些"英雄"一样，哪怕被压迫于阴暗逼仄的缝隙中，也一定要坚强地挺起自己的脊梁，撑起一片光明的天空。

永远要记住：即使自己身处在下水道、臭水沟里，也依然要仰望星空。

第二个是关于承诺的问题。

我希望你是一个信守诺言的人，无论是对他人还是对自己，因为信守诺言，是一个人成功的根本。承诺的背后通常有两个隐含义：一是事前的信心与决心，二是事后的能力与执行力。如果一个人从不敢向别人许诺，那么我们有理由相信，这个人缺少担当，懒于承担责任，这样的人是绝不能托付的；反之，如果一个人经常向别人或者自己许下某种诺言，但最后的结果总是不了了之，那么这一定是一个不负责任的人，不仅如此，他还缺少一种毅力、一种执着的精神。如果说，前一种人是胸无大志，那后一种人就是成事不足，败事有余。

永远要记住：承诺就像一把双刃剑，当你做到时，你会备受尊敬；当你做不到时，就会遭到鄙夷与唾弃。

第三个是关于希望的问题。

如果用一种东西形容你，我想应该是漂流瓶：独自在茫茫大海上徘徊流浪，忍受着暗流的撕扯与浊浪的侵蚀。虽然孤单，虽然寂寞，但是永远不会被无情的海水所淹没，因为它满怀希望，它始终坚信：在遥远的彼岸，会有一位诚实的守望者在等待它，等待开启它的瓶塞，展开它的理想，读懂它的情怀。

永远要记住：只要你满怀希望，再大的风浪也无法淹没你。

2012年4月19日　晴

坚持了近两个月的日记，最终还是不得不因为昨天的停电故障而中断。

整整一天，屋子里没有任何电器的嗡鸣声。只有窗外的鸟语虫鸣，还有几个孩子玩老鹰捉小鸡的嬉戏声。

安静的时间，总是能磨炼人不安的心情，更容易让人思考那些理不清的思绪。

想起以前听过的一个故事：一位父亲在早晨上班时，发现自己忘记戴表，可是他翻箱倒柜却怎么也想不起来把表放哪了，急得他满头大汗，只好悻悻然出门了。结果，当父亲晚上回到家时，儿子便把手表交给他。父亲忙问："你在哪找到的？"儿子说："你走以后，我就坐在这，什么也不干，什么也不想，就静静地听着。听着……听着……我就听见秒针转动的滴答声，表就找到了。"

人，之所以离自己的目标遥遥无期，反倒是因为我们的目的太过清晰，太过明确，以至于激昂奋进的前进脚步声，淹没了人生轮盘上指引迷途的指针。

2012年5月7日　阵雨

我们总以为自己此刻所经历的不幸，正是人生中最难以逾越的一次挫折。就像一艘航行在广阔海洋的战船，正在经历一场剧烈的狂风暴雨。它似乎随时都有沉没的危险，任何一个浪头都足以使它倾覆侧翻，任何一个漩涡都足以使它葬身大海。在咆哮的狂风中，在怒吼的波涛下，它就这么摇摇欲坠地朝着光明的彼岸前进。不一会，风停歇了，海平静了，云消散了，大雨洗净了天空的阴霾，露出了七色的彩虹，它带来了美丽的同时也带来了新生。

所有人都如同这艘战船一样，自以为会在暴风雨中覆灭，但只要每个人都能拥有水手般坚定的信念，冲破一切惊涛骇浪，等到那时就会发现，曾经让我们恐惧的灾难与黑暗，是多么的微不足道。

我喜欢看人物传记。但我不看那些伟大人物是如何走向事业的巅峰，我只看他们是如何度过人生的低谷。

2012年5月12日　晴

《我与地坛》读了不下百遍，翻来覆去，手不释卷。我仿佛能在书中看见另一个自己。我思考过的那些问题，史铁生也同样思考过，并且他已经有了答案。可惜他的答案只能带给我启迪，不能指引我找到一条属于我的救赎之路。就像迷路的梦旅人在暴风雪的夜色下，眺望远方光明的灯塔。看清的是前进的方向，看不见的是脚下的路途。

2012年5月16日　多云转阵雨

昨天听一位朋友说："起跑点不同，造成结果不同。衡量成功的标准根本不公平。"

世界上根本不存在不公平，因为不公平本身就是一种公平。所谓的不公平，只是一种差别，一种阶层的差别。这种差别是客观存在的，也是必须存在的，否则世界就会不复存在。

我记得史铁生在《我与地坛》中写过："一个失去差别的世界将是一潭死水，是一块没有感觉没有肥力的沙漠。"如果没有贫穷，创造财富还有什么意义呢？如果没有丑陋，美丽还能成为幸运吗？如果没有卑鄙，高尚又怎么能成为美德呢？如果没有疾病，健康本身会不会就是一种病呢？差别是永远都有的，只是看谁能够通过自己的努力去填平这种差别。所谓奇迹就是：在有差别的世界创造无差别的成功。

2012年6月14日　晴转多云

早上睡到12点半才起床，吃完早餐已经中午1点了，想了想，索性把中午饭也一块吃了。

今天在网上看见一把特别漂亮的木吉他，咖啡色的。一个短发女孩弹唱了一首很好听的爱尔兰民谣。歌名记不得了，只记得是一长串吓死人的英文。

我特别偏爱用吉他演奏的音乐，因为那有一种远行的气息。就好像一个流浪的少年。

小时候，我十分羡慕那些无家可归的流浪者。他们仿佛象征着自由的图腾。即使生活贫穷、落魄，但生命有着丰沛的水源，永不干涸。所以"流浪儿"一词，在我的印象里，一直不是一个弱者的形象。

吉他的音色就会给予人一种流浪的幻想。它兼具着沉默、不羁的气质，如同英国电影中，僻静小镇里弥漫而出的烟草味道。

一个人，一把吉他，一场没有目标的旅程。没有挽留，也没有告别，只有离开。

正如米兰·昆德拉说的："这是一个流行离开的世界，但是我们都不擅长告别。"

2013年1月31日　晴

二十五号晚上入院，二十七号晚上出院。除了ICU之外，医院的其他病房一律爆满，所以我只能在急诊科睡了两个晚上。病房有四个标准床、两个加床，一共是六个人。医院有句俗话："乱不过急诊，吵不过儿科。"在我住进病房的短短两个晚上，我右侧的病床就换了至少六个人。

还有一个二十岁的年轻妈妈，半夜送来时已经不省人事。据她丈夫说，是因为两个人吵架，她一气之下喝了整整一瓶白酒，以前她最多喝过一杯而已。护士给她洗胃、输液，她毫无反应。医生说，如果第二天醒不来，就必须进行血透，并且不排除植物人的可能。听起来似乎有点吓人，不过第二天她就醒了过来，可是直到我出院，她还一直在说醉话。其实完全没有医生说得那么严重，她只是喝多了，睡得有点久罢了。

每一次去医院的感觉，不是害怕，而是熟悉。无论是嘈杂叫嚷的过道，还是昼夜不熄的灯光，或是体温计和血压仪的碰撞，还有消毒水和碘伏气味的混淆，甚至是针头刺破皮肤的痛楚，都和过去的感觉一模一样。

死亡是一个没有人可以阻止的结局。就像一部电影的结束语，想要体会跌宕起伏的观影快感，非剧终人散而不可得。若是一幕无休止的长剧，即使再精彩，也只是一场无尽的乏味而已。

医院每天都有人死去，也每天都有人活着，死亡的阴影笼罩在每一个人的身上，活着的希望也燃烧在每个人的心里。我从来没觉得那里有什么值得恐惧的，因为没有什么地方能比医院更安全了。

2013 年3月23日　晴

从来没有一次日记像今天写得这么艰难。二十岁生日应该是有很多事情需要讲的，多到不知道该先讲哪一件。但是最重要的一件事就是自己加入了知乎社区。如果今后生活会有什么不同，我想也是从这里开始的。

2013年2月28日，在知乎第一次答题。一个很无意的回答据说创造了知乎的新纪录：24小时获得2000多个赞同、500多条评论，私信和留言像潮水般汹涌，兴奋得我透不过气来。有认同，有祝福，有鼓励，也免不了有质疑，无论什么我都能接受。（不接受？呵呵，你又能怎样？）如今这个回答也有4000多个赞同了，评论也超过900条，可能是知乎有史以来单项回答得票数最高的答案了，对此，我感到荣幸，也感到担忧。荣幸是因为获得了大量的认同感，担忧是因为害怕自己承担不起大家的这份认同。如今我的知乎关注者超过3000人，以前我会毫不犹豫地赞同一个自己喜欢的回答，现在我不得不前思后想，这个回答说得对吗？里面的内容有几分真几分假？作者有理论依据吗？如果有人信以为真会带来什么后果？要知道自己一旦点击赞同，立马就会有3000个人看见这个答案，这会给别人带来误导吗？这是我现在思考最多的问题。

今年是收获颇丰的一年，认识了N多的新朋友。不仅认识了《全球商业经典》的编辑（@全球商业·刘晋锋）刘晋锋，还应她邀请在杂志写了一篇稿子。有在北京大学学空间物理、却花1300块钱买一个显微镜的（@雷明达）大熊，谢谢你寄的钢笔，虽然我用不成。也有同是1993年的（@姜佳莹）姜佳莹小朋友，你推荐的歌很好听，但是我还是比较喜欢听自己的。也谢谢推荐了大量古典音乐给我的（@周俊泽）大周同学，帕帕格尼的小提琴曲我超爱。还有在意大利罗马艺术学院学美术的（@庄泽曦）庄泽曦和不知道干什么却无所不知的（@庄表伟）庄大叔，虽然你们两个都真刀真枪地跟我打过笔仗，但是放心，我不记仇。还有对方言很有兴趣的（@王荣）王荣小朋友，不要整天面朝黑夜，也许转过身来就能看见阳光。还有生活在二次元世界的（@GayScript）Gay老兄，我不是故意这么叫你的，是因为后面的单词我不会打。有近在新疆乌鲁木齐的（@陈瑞①）瑞姐，好想参加你们的线下活动。有远在德国波恩大学的孔浩源，虽然我艾特你你收不到，但是你的明信片我收到了。当然忘不了大神（@张宇辰）章鱼哥，你的秘密我不会说的，谢谢你的惊喜礼物，我很喜欢。最重要的是还有让我每天早晨九点向她打卡签到的（@李凌雪）雪姐，怎么说呢？祝你和胖子好好的吧！愿他别给新疆人丢脸。

老朋友和家里人我就不提了，你们懂我。

夜晚真安静，我爱你们！

吟诗歌

我希望能有一种途径，可以把我人生中最华彩的篇章，拿来提前上演。

2010-3-14　晚上　昏暗

青春

还在这里吗？那曾经破灭的天真。

还在继续吗？久久不能忘却的残忍。

还在思念吗？早已物是人非的初恋。

还在歌颂吗？面具下腐烂的笑颜。

飘荡 ——

迷茫 ——

构成了青春无可比拟的惨烈与美好……

2010-3-26　下午　阴

你有没有这种感觉？

当你行走在荒凉的山谷中，

周围无风无雨无草无木，

只有你沉闷的脚步声，

一步一步走向未知的前方，

寻找臆想的乐园。

当你渐渐从时间的迷雾中看到终点，

但那却不是色彩绚丽的未来。

2010-4-8　下午　阴

…… 你绝对猜不到我看见了什么

我看见了什么？

目及之处

蓝天白云变得灰蒙厚重

苍翠的树木渗透出点点殷红

沉闷的大地在瑟瑟发抖

粘浊的空气披挂着缕缕血腥的丝绸

回头

似曾相识的少年

竟埋葬在流动的星河中

而是深不见底的深渊。

回首来路，已变得破败不堪。

环顾四周，尽是险峰绝壁。

放眼望去，遥远的天际，

有一片浓重的乌云在向你缓缓飘来……

2010-5-8　凌晨（00：48）　阴

梦、幻

有时候觉得你是虚无的

在每天清晨的阳光下

一片迷雾散尽

可有时候你又是真实的

因为在迷雾中我会流下眼泪

它会让醒来的枕头潮湿

有时候觉得你是遥远的

在黑暗中才会靠近我

没有预感地走来

可有时候你又是亲近的

因为我的脑海从未忘记过你

哪怕你只在幻想里

2010-5-8 中午 晴

流 浪

你的生活好吗？

很好！

那为什么要流浪？

因为太好！

在某个夜晚，某条街道，一个衣衫褴褛的男孩在霓虹招牌下踟蹰，耳鼓里是夏天的蝉鸣和红男绿女的彼此的梦呓。

世界是庞大的，世界是深邃的，世界是我们永远不明白的……

男孩坐在黑暗里，凝视光明下的人们。男孩是渺小的，渺小到他可以感受到别人的心跳，而别人却没感受到他的存在……

溪水潺潺流过，没有人知道它的尽头在哪。

2011 年 5 月 8 日　22:40:18　小雨

雨，一滴一滴，模糊窗檩，你的背影，我看不清。

夜，一来一去，记忆丢弃，时间太快，我捡不及。

想说，却失去力气，看着你，我只能说：对不起！

承诺，有时很懦弱，它砸不破现实，可耻的枷锁。

虽然，我想过，告诉你，关于我的计划和许诺。

可是，你却消失在我的笔记，那行楷书的角落。

2011 年 5 月 15 日　19:04:23　晴

我的真心
　——送给我未来的爱人

请将我的真心，酿成一瓶岁月悠长的红酒，
盛满生活晶莹剔透的玻璃杯，
在未来的日子，不会因为我的离去而索然无味。

请将我的真心，调成一抹金光熠熠的油彩，
画出辉煌的朝阳与日暮，
让斑斓的天空，与你炙热的青春一同燃烧。

请将我的真心，汇成一泽波光粼粼的湖水，
点缀着洁白的寒月与流星，
让夜晚的思念，在你酣恬的梦境里交相辉映。

请将我的真心，折成一架自由翱翔的飞机，
承载着童年所有的秘密，

飞向蔚蓝的大海，就像我奋不顾身爱上了你。

（写于 2011-05-15　改于 2011-05-19）

2011 年 5 月 27 日　20:18:48　多云

最后的努力

懒惰的巨人，在死亡的钟声下苏醒；

吝啬的狂风，在暴雨的入侵前来临；

男孩的悲伤，在烟花的绽放中点燃；

男人的哭泣，在冷漠的南极洲消散。

污浊的夜空，我只愿接受月光的洗礼；

平庸的星辰，那独特是我生存的意义；

遥遥的远方，我依旧怀念乡愁的诗句；

青春不再的你，是否还有颗跳动的心？

最后的风雪，是勇气与意志的考验；

最后的讥笑，是成功与生命的骄傲；

最后的阻挠，是小丑与皇后的桎梏；

最后的努力，是坚韧与梦想的拥抱。

（写于 2009-12-7　改于 2011-05-27）

2011 年 10 月 8 日　15:18:23　多云转阴

伯爵的独白

我不知道该如何叙述我的开始

所以我在大多数时间选择沉默

我不知道该如何朗诵我的命运

所以我在大多数夜晚刻下回忆

我曾经是一只迁徙的小雁

日复一日

孤立于雁阵的一角

它们尝试用最低的速度迁就一只小雁

我却在无数个夜晚

悄无声息地蜕变

光明与黑暗藏进我的双眼

狂热与坚定织成新的羽翼

也许时光的火焰会迅速吞噬我的生命

但我不会因此而愿意沉溺在春末的巢穴

2012 年 11 月 5 日　晴

有时候，想笑；有时候，想哭。

笑，没有原因；哭，没有理由。

我喝着最冰冷的水，做着最美丽的梦，

戴着最沉重的锁，爬着最巍峨的峰，

藏着最炽热的爱，忍着最切肤的痛，

念着最遥远的你，恨着最卑微的我。

我不怕遗憾的冰雹砸得我鲜血淋漓，

只怕后悔的陷阱跌得我再难以站起。

深夜，我乘着想象的巨轮扬帆远航，

却在失眠的大海中沉没溺亡。

在知乎

如果今后生活会有什么不同，我想是从加入知乎开始的。

知乎是聚集大量专业人士的知识型讨论社区。通过问答互助的方式，分享知识和经验。回答者多半是各行各业的精英，或者是从业多年、富有经验的专业人才。程浩在此收获了大量的赞许、认同、善意和友情。

知友：你认为怎样的人生很酷（有趣）？

程浩：当你来到这个世界时，人们笑着，你哭着；当你离开这个世界时，人们哭着，你笑着。

知友：你会怎么写三行遗书？请写遗书，不是墓志铭。

程浩：

留下我的眼睛照亮世界

用我的灵魂

为你们开拓另一个人间

（我死前会签订遗体捐赠协议，其中包括眼角膜）

知友：如果写一句话给十年以后的自己，你会写什么？

程浩：你还活着吗？

知友：不管你是否觉得不现实，或者担心说出来会被大家笑，你这一生最想实现的梦想是什么？

程浩：在北影导演系听课，听一天也行。

知友：哪一部（数量是一部）电影你反复观看次数最多？

程浩：《放牛班的春天》，只为听歌，天籁童声。

知友：什么歌曾经把你的眼泪不自觉地引了出来？

程浩：五月天的《倔强》，Beyond 的《海阔天空》，那英的《白天不懂夜的黑》，汪峰的《生来孤独》。

知友：如果问你"最喜欢的一部电影"，你会不假思索脱口而出的是？

程浩：《阿甘正传》。第一次共鸣，第一次感动，第一次鼻酸。

知友：你在工作中最关注哪些细节？

程浩：阅读发烧友，看见错别字有想死的冲动。

知友：为什么电影小说里出现的咖啡经常是卡布奇诺？

程浩：文艺作品大多是讲述爱情故事的，而卡布奇诺那种香甜浓郁的风味，比较接近于甜蜜的热恋阶段吧。

知友：你最恐惧什么？

程浩：害怕上帝丢给我太多理想，却忘了给我完成理想的时间。

知友：看书要不要带目的性？

程浩：要带问题，不要带目的。要有诉求，不要有功利。

知友：最激励你前进的一句话，每次遇到挫折你都会拿出来的一句话或者一首诗是什么？

程浩：只有坦然接受命运的不公，才能安然享受生命的平等。

知友：中文如何最有内涵地表达"我爱你"？

夏目漱石问他的学生如何翻译"I love you"，有学生翻译成"我爱你"。夏目说："日本人怎么可能讲这样的话？'今夜月色很好'就足够了。"还有类似含蓄美妙的表达吗？

程浩：饭在锅里，我在床上。

知友：你最得意的原创句子是哪句?

程浩：痛苦并非来自失去身体的自由，心灵的不屈与桀骜才是一切痛苦的本源。

——十八岁生日有感

知友：在你成年以后，你懂得的哪一个道理对你影响最大?

程浩：不积跬步，无以至千里；不积小流，无以成江海。

——《荀子·劝学》

知友：创作时发现自己用词太过泛滥，不够精确，该如何提高?

程浩：我的经验是直接写重点，铺垫和过渡可以二次修改。你必须知道，读者在乎的是故事内核，就是你所谓的重点。重点写不好，谁会关心过渡?

知友：在你的领域中你最怕被人问什么?

程浩："给我推荐一本书吧，要励志的!""励志"这个词，现在很大程度上被人糟践了。

知友：别人说你是书呆子时，该如何回应?

程浩：他在赞美你，说一句"谢谢"就好。

知友：智慧与聪明有什么不同？

程浩：聪明是解决当前麻烦，智慧是消除未来隐患。

知友：你或你身边的人有没有屡试不爽的技能？

程浩：自我暗示，这是一个高难度的技能。

用得好，可逆天。

用不好，不见天。

知友：你听过的最绝望的一句话是什么？

程浩：医生不说话，摇摇头，转身离开。

知友：看美剧有益吗？你从美剧中学到了什么？对你生活、事业或者其他方面有什么影响？

程浩：有益。能学会欣赏什么是好剧，什么是烂剧。

所谓的"看美剧，过六级"之类的帖子，都是写给那些好吃懒做，眼高手低，渴望提高又不想付出，睡前下决心，起床刷微博的迷茫无知男女的。他们想学习，却忍不了学习过程的枯燥无趣；他们有理想，却总觉得理想是个一锤子买卖，眼前的小事与理想无关；他们总想知道学霸是怎么学习的，却没想过学霸的学习计划是按分钟算的。**总而言之就是一句话：听的比想的多，想的比说的多，说的比做的多。**

娱乐就是娱乐，你为什么看着美剧要想学习？

学习就是学习，你为什么非要选择看美剧学习？

娱乐不是没有收获，娱乐的收获有时是一种感悟，是一种认知，是一种不可强求的获益。抱着学习的心理去参与娱乐，不仅糟践了学习，也浪费了娱乐。

学不吃苦，玩不出花，一辈子都是庸庸碌碌。

知友：怎样才能做到不在乎别人骂？

程浩：我老爸每次在街上看见那些开的车比他好的人，都会清新脱俗地说上一句："好车都让畜生开了……"

我听了，每次都会不厌其烦地劝说："老大，您别这么说。不然那些骑自行车的人也会这么说您的！"

同理。

我从来不骂人（"三国杀"被坑除外），也不喜欢背后嚼舌根子。因为我始终相信一个道理：当你说别人的时候，别人也会这么说你。

所以，如果有人骂你，别在意，因为此刻全世界的任何一个角落，都可能有那么几个人以同样的方式正在骂他。

每次这么想想，我就释然了。

知友：读普通大学是否就意味着普通的工作、普通的人生？

程浩：如果你是黄金，烧得时间越久，你便越是发光发亮；如果你是煤炭，那即使烧得火红，仍然免不了灰飞烟灭；如果你是一粒种子，即使被人踩进泥土里，也会生根发芽，长成一株参天大树；如果你是一棵杂草，那即使生长在泰山之巅，也会被诗人踩在脚下，永生永世无人问津；如果你是一叶孤舟，即使存于青山绿水之间，也不过是一艇供人渡河的小船而已；如果你是泰坦巨轮，那即使毁于汪洋深海之渊，你仍然承载着杰克与罗丝的伟大爱情，世人永远铭记。

一个人的成就与否，环境固然重要，但是最重要的还是你自身的质地。

知友：如何拥有正能量呢？

程浩：这里的任何一个回答都不能帮助你获得正能量，包括我的。所谓"正能量"三个字，需要拆分来看。

正，是摆正心态，不骄、不躁、不馁、不怨，要有"千磨万击还坚劲，任尔东西南北风"的彪悍意志，即使身陷黑暗也要张开嘴大笑，因为你的牙齿永远是白的。

能，是能力，是专长，是兴趣，是能够使自己引以为豪的本事，它不必是赖以为生的职业，但必须是让你愿意穷毕生之力去研究的"一生的事业"。

量，是实践精神，是追求量变到质变的一个漫长过程，就像电影《阿甘正传》中，阿甘拼了命地奔跑一样，刚开始他可能看起来滑稽、愚蠢，但是他跑了一辈子，他跑出了一段爱情，跑出了一番事业，跑出了一个人生。谁又能比他做得更好呢？

这世上有两种人拥有与生俱来的正能量，一种人生活在阳光下，另一种人生活在黑暗里。前者就像海绵，已经吸收了足够多的温暖，只等待释放的一刻。后者渴望光明，所以无时无刻不在向光明靠近。

正能量不是一种知识，所以我们永远无法学会。它是一种态度、一种习惯，这需要时间去培养。

当然，更重要的是在你心里永远给那个叫"真善美"的孩子留一个位置。

知友：你经历过的最神奇的事情是什么？仅限一个。

程浩： 以前住院的时候，家里给我养过两只小鸟（什么品种忘了）。老妈把笼子放在阳台的两层玻璃中间。可是有一天中午睡觉起来，我发现两只鸟从笼子里面飞了出来，竟然在两层玻璃间上下乱飞。

老妈把鸟抓进笼子里，可是第二天两只鸟又飞了出来。要知道，那种鸟笼子是提拉式的，鸟是绝对打不开的。

为了搞清楚到底怎么回事，我那天中午没睡觉，躺在阳台上晒太阳。结果我看见特别神奇的一幕。

我看见其中一只小鸟在笼子里用喙顶开笼子的门，让另外一只小鸟出去。而出去的那只小鸟在笼子外面重复同样的动作，再让里面的小鸟出来。如果不是阳台的窗户一直锁着的话，两只小鸟可能早就凭借他们（不想用"它"）的智慧，私奔到月球了。

最后，我说服老妈，把两只小鸟放飞了。就像歌里唱的："有一种爱叫作放手……"

知友： 你如何看待"你寒窗苦读十几年，毕业后辛苦工作做房奴，而小学同学早年辍学外出闯荡，如今开豪车住别墅"这一现实？

程浩： 一个人，如同天空落下的一滴雨水。不是每一滴水都要盛进温室的鱼缸或者花瓶中的。这不是水的宿命，也不是水的必然结果。

在滚烫的高温中，一滴水可以变成升腾的气体；在寒冷的极地中，一滴水可以变成透明的冰凌。即使是一滴水，只要你愿意咬紧牙关穿越肮脏污秽的下水道，你最终也一样可以流向蔚蓝的海洋。

可是你没有勇气。因为任何一条与社会主流价值观相背的路，都存在所谓的"鸡飞蛋打、一无所有、竹篮打水一场空"的风险。你会遇到前所未有的阻力，其中有来自家庭的，有来自社会的，也有来自内心的。所以你不敢。

绝大多数的水都免不了被灌进鱼缸、花瓶，等待鱼粪和植物腐烂的污染，最终被倒进马桶的命运。

放心好了，还会有干净、新鲜的水来补充你的位置。

知友：如何衡量一个人的价值？

程浩：人是一种希望体现自我价值的动物，不管你嘴上承不承认，心里都是迫切渴望得到赞美和认同的。但是外界对一个人的评价，往往不能代表他的真正价值，因为其中掺杂了太多的附加值，比如你自身的权力和地位，或是他人对你的奉承和怜悯。如果一个人的价值取决于外界对你的评价，那无论你获得多高的成就，你都不会对自己感到真正的满足，因为你一直活在别人的嘴里。换句话说，你的存在没有根基，而一个人要是没有存在的根基，也就没有存在的意义，更没有存在的价值。

所以我想，衡量一个人的价值，最公正、合理的标尺，应该是你自己对自己的定位和期许。比方说定位。你看看那些手表，时针、分针、秒针，它们一刻不停地转动，可最便宜的也就十几块钱一块，但是给它加上一颗钻石，马上就身价倍增，这公平吗？一块表的价值高低取决于钻石，但是谁敢说指针的价值就低于钻石？实力或许有强有弱，智商或许有高有低，背景或许有深有浅，但是这些都不是衡量一个人价值的关键因素。关键在于，你是不是真的无可替代？

再来说期许。我始终坚信，一个人活着的价值，在于他对自己未来的期许。这样的人，往往都有一个明确的目标，活着即是为了完成它。这样的人，不是活在现实世界的，而是活在未来世界的。正是因为相信自己的价值会体现在未来，所以他们能够忍受现实中的一切失意。只要目标还没完成，自己就永远有存在的价值。

一个人的价值，不是让别人来衡量，而是由自己来确立。生的价值、死的价值，是轻于鸿毛，还是重于泰山，都由你来决定。

知友：在知乎上积极参与讨论的你们，在生活中是沉默的大多数吗？在日常生活中对于他人的问题是否也有在知乎上的积极性？

程浩：在知乎，我有一个原则：写一个回答，除了别人对我的提问，我对别人的感谢，以及彼此之间的调侃，其他评论我都一律不回复。因为绝大多数评论，在我看来都是党同伐异的口水，具有保留价值的其实很少。与其唇枪舌剑，你来我往，我更愿意完善自己的答案，写一个答案补充，或者用同样的时间，写一个新回答。所以，我不愿意在评论区耗费太长时间。

有时候，太多的评论，难免陷于争论。

这个原则同样适用于我的生活。

提问与回答，看似简单，实则需要一个良好的讨论氛围。提问者与回答者都应该具有认真、严肃、包容和理性的精神。这样的交流环境，可以在知乎上遇到，但是在生活中却很难。生活中的人们往往并不在意问题与回答的内容，而是更在意提问者与回答者的身份和地位。就像在酒桌上，不管领导说了一个多么愚蠢的问题，总能有人随声附和，拍手叫好。这种时候，谁会纠正领导的错误？谁又会在乎这个问题的正确与否？

一个问题，需要一个答案；一个答案，需要一位好的回答者。

但是，一个回答者需要什么？我认为是需要一个态度诚恳的提问者。如果提问者对自己的问题都是"不求醍醐灌顶，但求一吐为快"的吐槽心理，那无论回答者写出什么振聋发聩的至理名言，都不过是对牛弹琴而已。只不过生活中的"牛"看起来比知乎更多。生活中对于别人的问题，我不会告诉他什么是对，什么是错，尤其是观念上的问题，我更不会发表什么意见。我只会告诉他，如果是我，我会如何如何。说不说是我的事儿，听不听是他的事儿。一个态度不诚恳的问题，是不必回答的；一场虚假的交流，是不必认真的。

知友：每次看到知乎上精彩的回答，总是强烈感受到自己的知识储备和思维能力有限，于是花很多时间去消化那些答案，这影响了现实中的工作与学习，如何解决？

程浩：记住一点：**知乎是一个可以让人进步的游戏**。

知友：面对一个急功近利的人，送他一句什么座右铭好？

程浩："**雁留声羽人留痕，前人功德后人承。水因善下终归海，山不争高自成峰。**"忘记出处了。

知友：你最喜欢的书是哪本？理由是什么？

程浩：其实这个问题不好回答。我一向不爱给人荐书。因为读书是一件非常私人的事情，每个人的成长经历、阅历都不同，能够帮助我的，不一定能够帮助你。我希望每个人都能邂逅属于自己的好书。

如果一定要说，我个人最喜欢的是余华的《活着》、王小波的《时代三部曲》、周德东的《三岔口》，还有钱锺书的《围城》和史铁生的《我与地坛》文集。

知友：病房怎样设计才能减轻病人的恐惧？

程浩：这是史上最不知所云的一个问题。

病人的恐惧源自死亡的威胁，与病房有什么关系？如果你能治好他，能挽救他的生命，那即使让他睡在公共厕所，他也会对你感恩戴德。如果你治不好他，他的生命即将终结，那即使住到马尔代夫的海滨别墅里，对他而言也不过是一个大一点的骨灰盒而已。

知友：在知乎回答问题，你习惯先看其他人的答案再回答问题，还是直接回答？

程浩：我一般只看长答案，不看吐槽。如果有人把我的观点说了，我就点个赞同，或者做一点补充。

详细回答：

1. 五年以前，我会选择回答争议较大的。现在，我很讨厌争论，因为有些人，你永远说服不了他，就像他永远说服不了你。

2. 没有愚蠢的提问，只有愚蠢的提问者。想要摆脱愚蠢，提问之前多做功课，不要做伸手党。

3. 我提问是来寻求解决方法的，不是来卖笑引围观的。只要能够解决问题，一个回答者足矣。

4. 提问者的表达方式是否有问题？我是不是应该换一个角度提问？

知友： 怎么评论《边城》？

程浩： 一句话评论：充满湘西风情。少数民族古老的求爱方式，秒杀了大多数自以为浪漫的现代人。

知友： 对研究生所学专业不感兴趣，应该退学吗？

程浩： 送你一句话：

问问自己要什么，看看自己有什么，想想自己能放弃什么。

——**程浩**

不喜欢给别人的人生指点迷津。上面这句话好好揣摩吧，自己勇敢做出选择。

知友： 就个人来说，你认为作品重要还是作品创作者重要？

程浩：对于读者来说，当然是作品重要。因为**读书不是追星，什么人写的不重要，重要的是这个人能不能写出好作品。**作者与作品的关系，就像封建王朝的妃子与龙种（作品）的关系。没有怀上龙种之前，你就是默默无闻的一个奴婢，等哪天和皇上日夜劳作折腾出一个龙种，你可算飞上枝头变凤凰，弄不好就是母仪天下的皇后。这就是母以子贵。等你当上皇后后，无论以后生出什么歪瓜裂枣来，都会高人一等。这就是子以母贵。

知友：你认为你妈妈是爱你多些还是爱你爸爸多些?
程浩：我认为，中国许多较为典型的家庭矛盾，其根源在于家长将父（母）子关系，摆在其他亲属关系的前面。这种做法是导致孩子长大后，思考问题总是以自我为中心的主要原因。
中国比较常见的一个场景，就是父母一回家，先和孩子发生亲昵动作（搂抱、亲亲），绝对不会一进门就跟自己的配偶拥抱、亲吻。这当然跟中国人含蓄内敛的性格特质有关，但是这种做法其实非常不好。越是当着孩子的面儿，你越是应该表现出配偶对自己的重要性。换一句话说，要让孩子意识到，在家庭这个小社会里，夫妻关系是优先于父（母）子关系的。
夫妻之间的爱，决定了孩子对父母的爱。

知友：现代社会中，没有手机的话可以生存吗？

程浩：我二十岁，没用过手机，活得很好。

这个世界上，除了阳光、空气和水，没有什么是必需的。

关键在于，你有多重视它？它在你的生活中，扮演的是汽车还是假肢的角色？

有人问我：如果除了不用手机，再加上不用电脑呢？

既然是假设，那我们干脆假设得彻底一点：不用手脚如何？

假设，你因为事故被截肢，失去双手或者双脚，那你是选择自杀呢，还是选择继续生活？

失去手脚不便吗？当然不便。我们不能再下床走路，我们不能再用手吃饭，我们不能再逛街散步，我们不能再打球、打游戏。

可是，这是生活的全部吗？

不是，当然不是！它们甚至都不是生活的重心。

没有手脚，还有眼睛和耳朵，不能下床走路，还能听音乐看电影。有多少失去双手的人，是用脚在吃饭、写字；有多少躯体受到禁锢的人，思想正在沸腾；有多少不能使用电脑的人，正在其他领域做出自己的贡献。

尼克·胡哲，1982年12月4日生于澳大利亚墨尔本，他天生没有四肢，这种罕见的现象医学上取名"海豹肢症"。他2003年大学毕业，获得会计与财务规划双学士学位，现担任墨尔本一家公司的财务总监，以及国际公益组织"Life Without Limbs"的首席执行官。2010年出版自传式图书《人生不设限》。

与尼克失去的相比，我们失去一部手机又能算什么？

我不是故意卖弄文艺腔，而是真心认为，这个世界上没有什么东西是失去了就会撼动人类的生存，除了阳光、空气、水源，再加上希望和梦想。

此刻，我正在使用网络，但并不意味着失去网络我的生活就无法继续。也许，只有一个躺在床上的病人才能发现生活与人间的条条大路。那些走在都市的常人却只能迈向科技与智慧的数码地牢。当造物主（上帝与科学家）为人类提供了巨大便捷性的同时，是否会想到有一天这种便捷性反倒成为一种强有力的束缚？

知友：年纪轻轻只身在外，检查出了癌症，资金有限，无亲友援助，度过剩余生命的最佳方案是什么？

程浩：我曾经有一次病危住院，医生和护士围在病床前对我实施抢救。一般来说，急救的时候，病人家属都要出去站到楼道外面，可是我老妈却怎么也不肯。她就像一根笔直的树干，牢牢扎进了病房的地板里。两个年轻的护士推都推不走。

老妈说："他是我儿子。我看着他来到我身边，如果他要走，我也要看着他离开。"

我常常会想，也许疾病和死亡，从某种角度上看确实是一件令人失去尊严的事儿。如果有可能，我也愿意自己死的时候，躲到一处四面环海的孤岛上，在深红的落日与碧蓝的大海之间，慢慢迎接死神的来临。没有人知道自己的痛苦，没有人知道自己的狼狈。我可以把健康、乐观和阳光的形象，留给那些真正爱我的人。

这无疑是最有尊严的死法，可是我绝不会这么做。

人生在世，总是背负着各种身份。为人父，为人夫，为人子。我们活着，不仅仅是为了自己的尊严，还要承担他人的爱，更要付出自己的爱。你给父母买过什么东西吗？你给他们洗过一回脚吗？你说过一句爸爸妈妈我爱你吗？又或者，你有心爱的姑娘吗？你向她表白过自己的爱意吗？你亲吻过她的嘴唇吗？再或者，你有自己的孩子吗？你给他洗过一回澡吗？你带他去过游乐场吗？如果这一切你都没做过，那么此刻让你死去，你会后悔吗？你会遗憾吗？

没有爱的人生是不完整的，没有爱的人生是注定遗憾的。爱，永远是不能替代的。

如果你把自己封闭在一座孤岛上，海潮起伏，树影婆娑，除了候鸟在你的头顶上空盘旋，没有人会来爱你，你也无法爱别人。这样的生命，或许还有尊严，可是未免太过凄凉。

若是换作自己，我更愿意陪着父母去看看那些不曾见过的风景，尝尝那些不曾吃过的美食，嗅着草原的清香，抚着山峦的冰凉，舐着海水的咸腥。拍下几张合影，留下点滴回忆。为他们做几顿饭，给他们洗一回脚，临睡前彼此道一句："晚安！"

在生命的最后时光，我想跟自己心爱的人度过几天二人世界。我们会在一起吃早餐，有烤得金黄的面包、香气浓郁的咖啡，还有心形的煎蛋。也许那时，我已经无法下床，但是我想她会坐在床边亲手喂我，用纸巾替我擦拭唇角的咖啡。到了晚上，我们会一起看电影，不必去电影院，那里太吵，就在21寸的电脑显示器之前看《泰坦尼克号》。她窝在沙发上，我靠在她怀里。我能够听见她的心跳，闻到她发梢上散发出的薄荷香。当电影镜头推进到年迈的罗丝用颤抖的双手将海洋之心沉入大海时，那一刻，我的生命也将随之冻结。我不怕冷，因为爱人的拥抱是温暖的。

我会将自己的遗体捐献，包括眼角膜。我要让自己的眼睛代替我，继续照亮这个美丽的世界。

附录一

伯爵在城堡的思考

▶ 人永远是一群被内心的遗憾和憧憬所奴役的生物，夹在生命的单行道上，走不远，也回不去。

▶ 人生就是带雨伞时不下雨，下雨时却忘了带伞；人生就是勤奋工作时老板没看见，偷懒摸鱼时就被撞见；人生就是喜欢的男人不喜欢我，不喜欢的男人还是不喜欢我；人生就是当你开始思索人生是什么时，你已经什么都不是了。

▶ 生命的本质就是一个过程，你获得的终将失去，失去的还会复得，没有什么是永远存在的，就像沙子，不是被风吹来就是被风吹走。你所拥有的，仅仅是一个过程，除此之外别无他物。

▶ 世界本无好坏，关键是你以什么态度看世界，就像一张白纸，是绝世佳画还是废纸一张，全在于你。

▶ 活在当下，并不意味着抛弃过去，也不表示不顾未来，只是应当记住，今天才是真正把握在我们手中的。我们拥有了当下这一刻，就有可能修正过去，并且创造未来。因此，不要为过去的事徒增烦恼，也不要为将来的事忧心忡忡，认真地做好眼前的事才是最明智的选择。

▶ 这些我们遗留下来的文字是时间的凝固、生命的延续。我们不能改变我们生命的长度，但我们的精神，将在这些文字中永存。

▶ 光彩夺目的珍珠 —— 破碎后，一文不值。价值连城的元青花 —— 破碎后，仍然价值连城。

▶ 世界，你有什么可骄傲的？你不过就是一缸水。你清澈见底，我们就鲜活自在；你污浊不堪，我们就一命归西。说到底，做与不做，听与不听，说与不说，看与不看，本就没什么所谓。水依然无形，鱼依然随性。

▶ 人类只有时时刻刻地去尝试认识自己，才不会在纷繁复杂的社会洪流中迷失自己。

▶ 人类不能阻挡明天的到来，就像人类不能挽留昨天的离去，人类只能享受今天的欢愉。大可不必为尚未发生的不幸而忧心忡忡。

▶ 守着秒针滴滴答答的旋转并被不断警告着自己年轻本钱的贬值，实在是狼狈而疲倦的事情。

▶ 我们总告诉自己："明天和今天不一样。"但若是总寄希望于明天的改变，那不论哪一天，其实都是无法挽留的今天。

▶ 一流的人，分秒必争；平庸的人，度日如年。

▶ 时间就像零用钱一样，挥霍起来毫不心疼。只有习惯记账的人才知道，花零钱，有的时候比花百元大钞还可怕！

▶ 有一种人，用一年时间就可以做出别人穷十年之力才能达到的成绩；还有一种人，用十年光阴去完成一项普通人一年就可以完成的小事。于我而言，自己更崇拜后一种人。

▶ 这个世界有很多忙碌的人；每个人都有很多的阶段；每个阶段都有很多不同的梦想；每个梦想都需要很多的条件才能实现；每个条件都需要来之不易的机遇；每个机遇都需要很多的准备才能把握；每一次把握机遇的人，一定不会是每天抱怨自己太忙碌的人。

▶ 是金子在哪都会发光，是煤炭早晚被烧成灰烬。

▸ 当你已经看见最黑暗的夜，那下一秒出现的就是光明。

▸ 我不是蒙娜丽莎，所以不会对谁都微笑……

▸ 人人都希望这个世界有超级英雄来帮助自己，可就是没有人愿意做超级英雄帮助别人 —— 即使是举手之劳。

▸ 每个人都只是一只活在枯井中的蛙，仰望着头顶一丝暗淡的天光，自鸣得意地度日；然而，希望与绝望恰恰就出现在那一丝暗淡的天光之中，转瞬即逝。

▸ 不要老想窥探别人的内心，一个人能看清自己的面目已实属不易。

▸ 自由是相对于约束而言的，当一个人在现实中达到"绝对自由"时，那么"现实"本身，将成为他最大的约束。

▸ 感觉自己幸福的人，是真幸福；感觉自己聪明的人，是真蠢笨。

▸ 黑夜，真实甜美的面容。白昼，虚伪腥腻的面具。也许……模糊会更好。

▸ 这个世界如同一个恪尽职守的"教员"，从我们出生到死亡，每天孜孜不倦地教导我们"化妆"的技巧。

▶ 不是伤春悲秋的感慨太多，只怪秋叶还在不停地坠落。

▶ 节日最大的功能就是：让不孤独的人感到孤独，让孤独的人更加孤独。

▶ 真正的恐怖，不是伸手不见五指的黑暗，而是阳光下的阴影。

▶ 人若总说太多的"如果"，必是现实世界中有太多的"但是"。

▶ 小智者咄咄逼人，小善者斤斤计较，小骄傲者一脸傲慢。

▶ 永远不要说不公平。公平是相对的，实力是绝对的。当你要求公平的时候，你就已经承认自己是弱者了。强者是树，弱者是草，既然承认自己是一棵草，那别人怎么踩你都是应该的，无需抱怨，因为没人会听一棵草的抱怨。草的呐喊声再大也是小的、微弱的。

▶ 对于社会来说，大多数就是善，一小撮就是恶。对于个人来说，我们喜欢的就是善，我们讨厌的就是恶。如果有一天二者彼此颠倒，那善恶的定义是不是也就随之颠覆呢？所以善恶的分界线其实是十分摇摆的。换言之，善恶本身就不是相对立的关系，而是唇亡齿寒的关系。

如果没有恶，那善的价值必定会荡然无存。

▶ 以前，我就特别羡慕那些流浪的人，我觉得他们是象征着自由的图腾，即使生活贫穷、落魄，生命却有着丰沛的水源，永不干涸。所以"流浪儿"对我来说，一直不是一个弱者。

▶ 世界上最远的距离不是天与地，而是我盯着电脑，你却举着手机。

▶ 这个世界上最悲伤、最虐心的小说，不是什么张悦然、安妮宝贝的，而是一对恋人之间的聊天记录……

▶ 拿一本《新华字典》放在你心脏跳动最有力的位置，然后再用一柄铁锤，以迅雷不及掩耳之势狠狠击打上去，一种电流擦出火花般的疼痛感，会使你的大脑瞬间昏厥。这种复杂的感觉有一个专有名词，叫作"分手"。

▶ 爱情是一件薄如蝉翼的外衣，当被时间的火燃尽之后，就只剩下一层朴实无华的责任，它用自己的坚实与厚重，紧紧地保护着柔软的记忆和幸福。

▶ 我经常在午夜时分收到QQ邮箱的漂流瓶，内容无非是甲爱乙、乙爱丙、丙爱丁，然后丁又爱上甲。我在想：这个世界有多少人就有多少爱，那会不会有一天我们像哥伦布一样，发现自己的爱最终还是要回到原点，我们最爱的其实还是我们自己。

▶ 人是一种惯于回忆的动物，喜欢在宁静的时光中慢慢反刍过去的幸福。

▶ 人心太小，装不下那么多人。你不需要在乎所有人，因为不是所有人都在乎你。你只需要在乎在乎你的人，凡是不为你考虑不为你着想的人，都是不在乎你的人，那你又何必在乎他们？套用刘伯温先生的一句话："岂能尽如人意，但求无愧于心。"

▶ 越是与世界为敌的人，越是渴望世界对他的认同。

▶ 永远不要和白痴争辩。因为他会把你的智商拉到和他同一水平，然后用丰富的经验打败你！

▶ 光明是黑暗的眼睛，黑暗是光明的衣衫。没有光明的黑暗会失去未来，没有黑暗的光明将失去温暖。

▶ 所谓无趣之人，其表现之一就是，哪怕全世界人民都知道你是在调侃，他也要正襟危坐地对你加以反驳。跟无趣之人生活在同一个星球，就像你开着一辆时速两百八的超级跑车狂奔，却有一台挂着限速六十的三轮摩托挡在前方一样。

附录二

程浩背后的母亲
妈妈再爱你一次

《新周刊》专访　采访 / 于青

现在，李哲还觉得儿子程浩在睡觉。"我昨天晚上去殡仪馆给他穿衣服，太冷，给他穿上羽绒服。他的身体已经有些变形，不太好穿。我把他抱起来的时候还觉得他的身体是软的，还没有僵硬。真的就跟睡着了一样。前几天他还在说，我们十月中旬就回石河子了。"

在过去的二十年，她陪伴儿子无数次收到病危通知单。两天前，没有病危通知单，但那一刻终于来到。

——"他吃饭慢，一顿饭要一个多小时，我边喂饭边教他多音字的用途。"

生程浩时，李哲二十岁。孩子六个月的时候，家人发现他躺在床上不太动，也站不起来，就把他带去石河子检查。"当时石河子二医院说是脑瘫。我看着不像，孩子看起来很机灵。他们让我放弃掉，打一针，不要他了。到乌鲁木齐检查，医生说最多养到五岁。我不相信，孩子看着也挺胖的，也会说妈妈我们回家吧。孩子一说'妈妈'，我就觉得我不能不要他。"

　　带到八个月，程浩一直不动弹。但他说话说得早。快一岁时，李哲带他去北京和天津看病，北京的医院给出一个检查结果：脑瘫，打个问号。"如果是脑瘫，语言能力会特别差，有点呆傻，不可能这么早就会说话。"天津的医院给出一个检查结果：肌无力，打个问号。"如果是肌无力，立起来抱着也不可能，只能躺着抱起来。"

　　看病看到两三岁，一直没有结果。后来又听说了气功大师郭志辰，李哲就带着程浩去石家庄住了半年，天天扎针，不见效果。三四岁时，把他带去乌鲁木齐空军医院扎针，也没有效果。"孩子受罪，从头到脚没有一个地方不扎，哭得厉害。"后来李哲也就不带他去看病了，"那时候他看起来胖乎乎的，没什么不正常"。

　　五岁之前，他奶奶管得多一些。到六岁之后，基本是李哲带。程浩六岁时，李哲教他拼音，还给他买小学生字典。"那时他还能坐。他坐在沙发上，我做饭，他就翻字典。碰到不明白的多音多义字，他会在吃饭的时候问我。他吃饭慢，一顿饭要一个多小时，我边喂饭边教他多音字的用途。"那时的程浩爱问、爱说，自己把字都认全了，李哲就给他买标注拼音的故事书。"只要我回来了，把他放在沙发上，他就开始看书。"

程浩小时候收了好多小车模，大部分都是李哲给他买。他对玩具很爱护，没有玩坏的。大了之后，他把车模全送给家里亲戚的孩子。用过的东西，他都放得好好的。"买回来的东西，他连盒子都不让扔。电子书的盒子、网友寄礼物的盒子，他都不让扔，总说有一天还要装进去的时候就能用。"李哲还曾花两百二十块给程浩买过一个遥控摩托车，程浩坐在轮椅上，也能让摩托车跑很远，碰到障碍还能自动掉头。"他经常在广场上坐在轮椅里玩它，好多孩子围着他看。他可高兴了。"后来小摩托车出了点故障，程浩就不让送人，一直在家里放着。

电脑刚出来时，李哲给程浩买了一台。"那时他也就八九岁。我每天上班走时把他放在床边，让他玩电脑。旁边用被子挡起来，害怕他歪到床底下。他累了会给我发短信，说妈妈快回来，我累了。我就赶快回去帮他躺下，或者换个姿势。"

——"我拿了一个医院的小木头凳子，趴在他床头，坐了三天三夜，没吃没喝没动。最后他醒了，我自己来月经都不知道。去商店的时候，因为坐的时间太长，直接从楼梯上摔下去。"

　　程浩第一次病危是十一岁，病危通知书上写的是心衰。之后，基本一年病危两次。感冒会引起他的肺部感染，诱发心脏衰竭。有一年，程浩有三个月都在医院。这三个月，李哲每天的生活线路就是办公室到医院，回家只是换个衣服。"医院上上下下没有不认识我的。清洁工见了我都打招呼。有好几次他看起来已经不行了，但他看着你，像在跟你求生，嘴里不停地喊着妈妈，妈妈……你能怎么办呢，只能想尽一切办法救他。"

　　还有一次病危，程浩整个人昏迷不醒，只能靠着输氧打液体。"整整九天，不喝水，不吃东西。我拿了一个医院的小木头凳子，趴在他床头，坐了三天三夜，没吃没喝没动。最后他醒了，我自己来月经都不知道。去商店的时候，因为坐的时间太长，直接从楼梯上摔下去。"

　　平时程浩的血管不难找，但只要身体一出状况，他的血管就变得根本看不见，扎针特别困难。"他也不吭气，就忍着。都不知道要扎多少下。有时候我都看不下去，扭头不看了。后来实在没办法，只能扎到脖子上的动脉血管。一扎就是好几天，每天二十四小时输液。"

　　程浩十四五岁的时候，一到双休日，李哲就推着轮椅带他出去转。冬天，还带他去滑过一次雪。在西公园里、游憩广场里、新世纪广场上有人看他，他会转过头跟李哲说："你看我长得多帅，人家都看我。"

这几年，程浩连轮椅都不能坐了。出去得很少。他身上的肌肉都在萎缩，整个人变得又瘦又小。

为了不让程浩受委屈，去别的城市看病，李哲都会选在气候比较温和的三月、四月。"从家里出门就上车，送到机场。去之前也会跟医院联系好。下飞机直接坐车去医院。看完之后直接上飞机回家。"他们跑遍了全国有名的大医院，却一直没有确切的诊断。程浩经常跟李哲说："妈妈，我要是死了，把我的眼角膜捐出去。把我的遗体捐出去做解剖。解剖了我，找出病因，找到疗法，能救好多人。不然你把我埋掉，跟扔垃圾有什么区别？"

——"我每天都在害怕。他晚上睡觉会翻身。如果他好长时间不翻身，我就赶快摸摸他。"

程浩非常爱干净，穿的衣服都是白色的。这两年，他喜欢在网上看衣服，买艳一点的衣服，红、黄、绿、蓝。但他每次付钱都要征求李哲同意。"以前都是我给他买衣服，要圆领、纯棉的 T 恤。虽然他已经二十岁，但身形还是像十二三岁，别人给他买的衣服一般都穿不进去。"

平时，程浩穿衣服和睡觉都要特别注意，特别怕感冒。晚上睡觉，李哲都会在脚边给他准备三个被子，上半夜盖个薄毯，夜深了换个小毛巾被，后半夜换成小被子。"别人看都觉得我很累，但自己觉得习惯了。他带给我不少快乐，每天晚上我们两个躺在床上，聊很久的天。十点半躺下，都要聊到十二点以后才睡觉。他性格很开朗。我有什么话都直接告诉他。"

程浩每个年龄段的聊天内容都不一样。小时候他会跟母亲聊韩寒，现在，母子之间关于偶像的话题变少了，更多在聊程浩下载的电影、写的文章。李哲跟他开玩笑："哎，你写好了赶快发，不然哪天就发不出去了。憋着发不了多难受，你眼睛都闭不上。"生与死，都成了母子间常用的玩笑题材。有时候李哲也会在抢救过来后逗他："你看，老天爷都不收你，又把你送回来了，你就好好活着。"有时候李哲又跟程浩说："你可别丢下我，我受不了。"早前程浩会回答她："第一年你难受，第二年还难受，第三年第四年慢慢就好啦。"后来，程浩会说："你放心，我会陪你活到八十岁的。"

李哲抱怨活着太苦太累，程浩就让她不要胡说八道："你笑着也是过一天，哭着也是过一天，不要去想那些不高兴的事，多想点高兴的事，你不是就不苦了吗？咱们指望不上别人，咱们就不指望。真过不去的时候再说。""我一个人在房间里躺着我不累，我可以坚持。你哪一天真正面临死亡的时候，你的想法立刻就会改变。"

每一次程浩病危，李哲都会觉得他能挺过来。"程浩带给我的幸福是什么，我说不上。别人都觉得我累，我自己不觉得，只觉得特别开心。每天回家可以跟他聊天，开玩笑，逗逗他。他一听到门响就问谁啊。我就回他，我啊。如果回来晚了他就问，你干吗去了回来这么晚，不能早点回来吗？"

由于身体的萎缩，程浩的心脏离皮肤很近，就像只裹着一层皮。有时候李哲逗他："我说程浩，拿个针在上面撺一下，看你啥感觉？看你会不会痛撒。"程浩说他头痛，李哲就说："你是不是长脑瘤了啊你，你这样你再长脑瘤就完蛋了你，一天都多活不了撒。"程浩也贫着嘴回她："你不要胡说八道了你，就不能盼我一点好吗？就不能安慰安慰我吗？"

程浩会在文章里想象自己的死亡，却从不告诉李哲，害怕她难过。"我每天都在害怕。他晚上睡觉会翻身。如果他好长时间不翻身，我就赶快摸摸他。"由于长期卧床，程浩的肾与胆上都有结石。在医院里，几乎没有他能做的检查。"让他拍胸片，根本什么都拍不出来。里面都是雾蒙蒙的，什么都看不见。做 CT，整个左肺都没有发育，只是一个扁条。只要一感冒，他就有呼吸困难。我只有给他备个小氧气瓶，不舒服了马上吸氧。"

2013 年春节，程浩得了感冒，马上就不行了，李哲叫来 120，把他送进石河子人民医院。进病房之后，隔壁两个床位的病人接连去世。程浩很平静。

——"每天都睡在他旁边，觉得踏实。如果睡在另外一个房间我就不踏实，也睡不着。我睡觉轻，他点鼠标的声音我会听见。"

程浩给自己定了一个详细的计划，每天必须阅读十万字。这十万字，基本是在网上和电子书上看完的。纸质书他看起来很费劲，需要李哲帮着他翻页。李哲也跟他开玩笑："天天看看看，本来就不能动，哪天再把眼睛看瞎了，我看你躺着怎么办。"

上午阅读，下午要写作。因为坐不起来，程浩只能用鼠标在软键盘上点一下点一下地打字。"他打起字来你会听见嗒嗒嗒的声音，速度很快。"但李哲中午睡觉时，程浩不写。"晚上要照顾他，我睡不好，就每天中午睡上一小时。每天都睡在他旁边，觉得踏实。如果睡在另外一个房间我就不踏实，也睡不着。我睡觉轻，他点鼠标的声音我会听见。所以他中午就看电影，等我醒了再写。"

程浩替别人想得多。他只会要求李哲来帮他翻身、换个姿势、掉个个。"我要是不在，别人问他你有没有事啊？他总回答啥事没有。再累他都扛着，我一回来他就跟说我，他都快累死了。"

从小到大，程浩没进过学校，唯一能面对面聊天的同龄朋友是他的表姐。"他姐姐学中医，在武汉实习，两个人经常关起门来视频聊天。她想得多，有什么事情都喜欢找程浩商量。他总是在开导别人，我问他都聊些什么，他说你管那么多干吗。"

前阵子他问，能不能给一个女孩送玫瑰花；李哲说，可以啊，你支付宝里有钱，这是你的权利。程浩说，我就跟你讲一下，最起码我要经过你的同意啊。但是究竟有没有女朋友这件事，他没有确切地跟李哲讲过。

程浩比同龄的孩子成熟很多，说话做事根本不像二十岁。"他接触的基本都是成年人，看书也看得多。他看问题看得透。因为自己的身体情况，他特别看别人脸色，特别害怕看到一些异样的眼神。害怕被人讨厌。吃饭时，他不能让自己嘴角沾一点东西，身上不能有一滴油点。"

——他说："你走吧。你回来时帮我买一瓶脉动、一盒薯片、一盒旺旺牛奶。"

2013年8月21日中午，程浩看起来状态不错，等着明天出院。

程浩在病床上也就是看看电子书，拿着手机上上网，跟妈妈聊聊天。他说："妈妈，我在家光忙着在网上写东西，没时间看书，书都看得少了。我在这儿，这几天我把这部书第一部都看完了，能看第二部了。"程浩一直想要个电子书，却觉得七八百太贵，不好意思问李哲要。手里的那个，是他用稿费买的。

他让李哲去买饭，还让她帮忙把电子书拿过来立好。李哲走时他还开玩笑，说："妈妈，你快点回来，别一去好久等我吊瓶打完，血都冲到瓶子里了。""我说：'好好你放心，流出来了我给你打进去。那我走了'，他说：'你走吧。你回来时帮我买一瓶脉动、一盒薯片、一盒旺旺牛奶。'"

李哲去了二十分钟，去时都是跑着去的。一进病房，看程浩就像睡着了一样，闭着眼睛。手还放在电子书上。但书已经变成屏保，程浩已经很久没有触到屏幕。

"我说儿子，我出去不到二十分钟你就睡着了，怎么回事啊？把饭放到桌上我就去摇他，但他没有反应。他的左胸，几乎就是皮包着肋骨，心脏的跳动都能从皮肤上看到。我把他的衣服掀开，看不见跳动。我出去把医生喊来。但是再抢救都没有用了。"

"我估计他就是痰卡着，因为我不在，硬是憋着。有一次内出血，从胃里反上来的血，他就一直憋着，硬是等着有人拿来玻璃杯才吐出去。夏天，我每天都给他洗澡换衣服。所以他可能也习惯了干净。我真的应该在他身边。我不该那时候走。"

程浩不喜欢照相。但在8月21日早晨，李哲拿着手机说要给他照相，他没有拒绝。"你照吧。照一张脸上的，再照一张胳膊上打着针的。不要照身上。"照了四五张，李哲说要发到"QQ说说"里去，他也同意了。"一般他是不愿意的，但那天早上他说，你想发就发吧，没事。我没有想到，这是他最后的照片。"

程浩家里总共有三台电脑，两个笔记本，只有他用的是台式机。李哲害怕他躺着把眼睛看坏，给他买了最大的显示屏。程浩把所有的注册信息都记在了记事本上。以前李哲跟他开过玩笑，"儿子，你能不能把所有密码都给老妈一份？万一你哪天突然闭眼了，老妈连个找的地方都没有"。跟他关系好的网友信息，他也全部详细地记在上面。他的网友来自全国各地，这两天，李哲都在不停地接电话。"有一个男孩，说着说着就掉眼泪，'我是被他从病魔那里拉回来的，他让我觉得生活还有意义。我没想到他竟然走在我前面'。"

程浩很少用李哲的手机上网。以前只要用完了，也马上让李哲把QQ退出。但在8月21日早晨，程浩用李哲的手机上QQ，也没要求她退出。中午，程浩去世，李哲之后看到他的QQ，"当时我一进去，就看到有二十多条留言。他只回复了两三个……"

2013年8月21日，新疆博乐市，晴。日出于7点27分，日落于21点10分。正午时分，二十岁的程浩停止了呼吸。

他出生的小城，是西北边疆的一片绿洲。这里人很少，树很多。一年四季的天空，都是蓝到变态。在长达半年的冬天，有零下三十度的低温和厚度到膝盖的大雪。奢侈的夏天不长，早晚凉爽，雨水罕见，阳光普照。

在这个安静简单、一成不变的小城市里，最不缺的就是阳光。漫长的日照给了这里的孩子一个关于光明的执念，程浩也不例外。

"我会将自己的遗体捐献，包括眼角膜。用我的灵魂，为你们开拓另一个人间。我要让自己的眼睛代替我，继续照亮这个美丽的世界。"

"幸福就是一觉醒来，窗外的阳光依然灿烂。"

附录三

程浩，最后的问答

《文景Lens》专访　采访／路瑞海

程浩说《文景Lens》杂志的采访是他生平接受的第一次采访，妈妈猜测也是唯一一次。可能因为对文字更自信，他不想通过电话被采访，而是希望能用文字回答。他说自己"打字很慢"，花费了13天才答完所有问题。

问：虽然涉及隐私，但仍想了解关于你的疾病的情况。一直没有确诊吗？

程浩：六个月以前一切正常，只是六个月以后，突然发现我跟同龄人不一样。别家的小孩都是乱踢被子，但我特别老实，都是一动不动的。不知道是什么病症，因为医院没有统一的说法。第一种说法是脑瘫，然而脑瘫多半带有智力障碍。第二种说法是吃的问题，但谁都无法证明是哪种食物导致的病因。此外，还有另一件事情。老妈怀孕时，拍片检查，医生说胎儿双顶径太宽，需要剖宫产；手术时，因为刀口太窄，医生抓着胎儿的双脚往外一提（这是剖宫产的常规动作），第一次没有成功，又下了第二刀，这才将胎儿取出。有医生说，是第一次取出胎儿未果，导致的运动神经受损。当然，这个也是止于猜测。

问：在你出生后，妈妈没有选择放弃，除了对孩子的爱，有没有某些具体的原因？

程浩：老妈的回答特别简单，就是三个字：不舍得。

问：小时候频繁出入医院，医院给你的感觉是不是和别的小朋友不同？你面对打针吃药的时候，是不是也有不同的反应？

程浩：最大不同就是比别人少了一点陌生感和恐惧感。比如，天还没亮，在你睡意蒙眬时被人按住四肢，冰凉的酒精棉在脖子上画一个圆圈，然后一枚细长的针头扎进颈动脉，抽出十毫升的鲜血。或者是将一根手指粗细的软管插进你的喉咙里，软管的另一端是飞速运转的吸痰器，巨大的噪音仿佛时刻准备吞噬你的五脏六腑。又或者是亲眼看着一管颜色怪异的胶状药物，顺着经脉，极其缓慢地流进你的身体，就像正在上演现实版的《科学怪人》。

如果你是第一次走进医院，这种身体受人控制，受机器控制，唯独不受自己控制的无力感，会带来强烈的不安和恐惧。但这是必要环节，不管你愿不愿意都无法免去。所以小时候别人可能希望疼痛的东西迟点儿再来，但我希望它们能早一点儿。因为早点儿开始，才能早点儿结束。

问：**一直都在服药吗？都吃什么？从什么时候开始吃？**

程浩：现在没有。主要是经常咳嗽，平常要吃很多消炎药。不过是季节性的，过了一个时间段就会好一些。

问：**医生对你说过的、让你最受打击的话是什么？**

程浩：医生都是"坏人"。有什么"打击"我的话，他们从来不当着我的面儿说。他们总是告诉我：你马上就会好的。这导致我长大以后始终认为最久远的时间单位不是"永远"，而是"马上"。

问：**医生对你妈妈说的话，哪些让她印象非常深刻，至今不忘？**

程浩：不记得是两岁还是三岁了。有一次在北京儿童医院，一个医生说我最多只能活到五岁。老妈说，她当时抱着我坐在大厅的长椅上，听完眼泪"刷"地流了出来，也不顾周围密密麻麻的人群，就张着嘴巴哇哇哭。后来我一不小心活过五岁了，但是并不值得高兴，因为很快又有医生说我最多只能活十二岁。老妈特别喜欢把这些没有变成现实的预言挂在嘴上，就好像奇迹说得多了还会发生奇迹一样。

有一次，老妈喝了点酒，说她最大的愿望就是让当年那个说我只能活五岁的医生再见见我。

问：**你小时候好像很缺少伙伴？**

程浩：我小时候的确没有什么朋友，但我好像没有因此变得抑郁或者自闭，反而变成一个善于自嘲，更善于反讽的"毒舌"。

小时候坐着轮椅出去晒太阳，经常有小孩问：你为什么坐着三轮车？其实我想告诉他，我坐的不是三轮车，比那个高级，可以买好几辆三轮车。但我又不太想解释，主要是不想对每一个人都解释。所以我那时要么不出去，要出去就坐凳子，唯独不喜欢坐轮椅。但这并不算是痛苦，只能算是麻烦。真正的痛苦是，那个问你"为什么坐着三轮车"的小孩长大了，他再也不问你"为什么坐着三轮车"了，他开始学会夸奖你。当有一天他跟一个漂亮姑娘手牵手路过你身边时，他说：你新买的轮椅真漂亮。那一刻才是你最痛苦的。那种人生的停滞感，就像一朵汹涌翻滚的乌云瞬间将彩虹绞得粉碎。

长大以后，我莫名其妙地喜欢上吸血鬼题材的电影。那些帅气迷人的吸血鬼是永远不会衰老的，但是他们因此而感到痛苦，甚至备受煎熬。很多人不解其意，说长生不老是多美的一件事儿啊，怎么还会痛苦呢？其实他们根本不明白，看着别人成长，看着爱人老去，而自己仍然停留在人生的某一个瞬间，这种停滞感带来的痛苦有多么压抑。

问：当时的身体确实不能上学吗？是否有父母担心你被别人的目光伤害的因素？

程浩：主要还是老爸老妈担心我被人欺负，哪怕是无意被人推倒，以我当时自尊心之强，估计也很难说出"请你把我拉起来"之类的请求。再者，我连握笔都比较吃力，确实满足不了上学的条件，光是那些繁重的家庭作业，估计就能让我写死在书桌上。

关于上学，如果几年之前——或者说十五岁之前——问我这个问题，我可能会说自己特别渴望去学校，去看铺满阳光的篮球场，去听清脆悦耳的下课铃，或者在楼道拐角跟好看的女孩窃窃私语，或者在顶楼抱着吉他迎着众人仰望的目光唱《情非得已》，也许还会在雨天骑车不打伞故意耍帅，也许还会在毕业前夕抱着朋友哭得像条狗……你看，我说了半天没有一句是有关读书学习的。因为读书学习在哪都行，但是青春记忆，你无处寻找。

这是群体融入感，其中包含着最初级的社会认同感。当时的我太需要这种认同感了，为此我竭力模仿他们的喜好和行为，听他们喜爱的CD，看他们喜爱的电影，读他们喜爱的小说，甚至学习他们说话的腔调。但是很遗憾，我终究无法成为他们那样的人。有的种子被风吹向荒漠，变成孤独的仙人掌。但是作为仙人掌，无论你的生存环境有多么恶劣，你都要学会欣赏沙漠的荒芜，而不是去羡慕大海的辽阔。

问：你的很多朋友都在远方或者是亲友？你不太结交本地的同龄人？

程浩：我说过，我从小一直是跟比自己年纪大的人交朋友。主要是我没什么机会跟同龄人接触，跟他们也没什么共同语言。再者，小时候同龄人玩的游戏，多半是足球、篮球、滑板之类的体育游戏，自己不可能参与其中。我只能去玩智力游戏，比如象棋、军棋、五子棋，而这些游戏在同龄人之中，我又找不到对手。至于远方的朋友，他们都是在网上认识的。毕竟互联网在我的生活里扮演了社会交往的角色。

问：别人的评价最能让你感受到压力的是哪一点？你最享受别人什么样的赞美和表扬？

程浩：好多年以前，我写过一篇小说。那可能是我写得最不满意的东西，可是别人看了以后却说："你没上一天学，写成这样真不容易……"

我可以接受赞美，也可以承受批评，甚至可以面对鄙夷，可是唯独不愿听到这样的评价。那意味着我付出的努力，失去该有的意义。后来我听到有人评价史铁生老师，说他是"作品因疾病而被低估，地位因疾病而被高估"。这句话让我感触良多。

我更愿意听见自己因为成绩本身而被表扬，而不是成绩之外的任何东西。就算我写到死仍然默默无闻，但只要有一个人说"真有趣"，也比一百万个人说"真不容易"更让我高兴。

问：你说"我受我老妈的影响很深，但从性格到习惯，从爱好到志向，我们都大不相同，甚至完全是反着来的"，为什么？

程浩：我和老妈的关系很好，从来没有"反着来"，也没有吵过架，更没有生过一次隔夜气。所谓的"反着来"，只是性格和习惯。比如老妈很喜欢在别人面前开玩笑，而我脸皮薄，只有在网络上才敢跟姑娘调侃一下，其实自己跟不熟的人说句话都会脸红。所以在生活中，我是一个看起来比较严肃的人，用老妈的话说就是假正经、装酷。我们经常为这种小事斗嘴，斗得不亦乐乎，自己的"毒舌"大概就是这么练出来的吧。但是我们从来没有真正发生过矛盾，一次也没有。因为我们都知道，自己离不开对方。

问：从什么时候觉得母亲很伟大？

程浩：我睡觉的时候，需要有人给自己翻身。老妈每次给我翻身，都是右手撑床，时间久了，右肘磨出一个深色的茧印。这其中的伟大，我没法说给你听。

有次老妈要出去三天，就让我舅舅来帮忙。第二天舅舅就给老妈打电话，"哪能睡着觉啊，我刚迷迷糊糊睡着，他就说要翻身，然后又要睡着了，他又叫要翻身，后来我也不睡了，坐在旁边等着"。舅舅第二天补觉，白天舅妈过来帮忙翻身。只两个晚上，他们就受不了。对于这些，用老妈说的话就是，习惯成自然。

伟大从不是突然而来的，伟大是漫长的时间堆积出来的。

问：你从父母那里继承而来的最重要的品质是什么？

程浩：其实我感觉自己的性格和老爸老妈还是不太一样的。如果要说自己性格中的某些元素是来自他们，我觉得应该是乐观和开朗。

老爸老妈在我面前从不避讳谈及健康、疾病和生死等话题。我一直认为在病人面前顾左右而言他，反倒是一种伤害。既然事实已经成为事实，就应该正视它、面对它、接受它，而不是像鸵鸟把头埋进沙子里那样一味地逃避它。世界是很残酷的，它不会因为你有病，就把生活中的美好和欢乐送到你面前。而你要在一条鲜有人走的路上寻找属于自己的快乐。

问：看到你二十岁的生日宴，因为照顾孩子很忙碌，老妈不经常操练厨艺？

程浩：不是。老妈结婚前，连鸡蛋也不会打，炒豆角都看不出生熟，而现在却能每天变着花样做饭，这绝对有赖于我的功劳。这里不得不说，我对食物的挑剔程度非常高。丝要细，片要薄，块要小，丁要碎，否则我很难咬动。家里人都知道，要是做什么精细的菜，就让她来切，不比饭店的厨师差多少。

我想，一个人的成长，总是跟另一个人有关。

现在手抓饭、炸酱面、麻婆豆腐和鸡肉咖喱，都是她的拿手绝活，俗称"老妈四绝"。不过生日那天，我们谁都没有请，只是吃了一碗长寿面，买了一块蛋糕，一家四口吹了一回生日蜡烛，所以看起来比较简单。这也是我的意思。越是长大，越是不爱人多。能平静地度过二十岁，忽略成长的烦恼，似乎比生日礼物什么的都要好。

问：从小到大你最喜欢的一件玩具是什么？它是如何带给你很多开心时光的？

程浩：小时候吃零食都会赠送一张卡片，那种带人物的纸牌。我经常用那些卡片来玩角色扮演的游戏。自己那时候特别喜欢编故事，所以非常享受这种外人看起来幼稚的游戏。当时还没有"YY小说"这个词，其实现在看看，当初自己就是在编YY小说。

问："你想体会'特立独行'的潇洒，首先就要失去平凡纯朴的欢愉。"对于自己来说，你所感受到的上天的公平是什么？受到哪些伤害？你失去的欢愉主要是什么？

程浩：说一个历史人物，就算他不伟大，至少他清廉；就算他不清廉，至少他有才华；就算他没有才华，至少他孝顺。也许一个人，他什么都没有，但是人们总能找到一个评价他的词。如果能尽早发现这个词，他就能过得很愉快。

伤害谈不上，失去的东西倒是不少。可是仔细算一算，自己好像又没亏太多。就算不能走，至少还能看见、还能听见吧？最不济你还活着吧？有多少人一生下来就死了，第二天的日出都没看见。他们是幸运还是不幸呢？就算不能独自远行，至少家庭完整、家人和睦吧？

问：父母会因为你的病对你比妹妹更好吗？

程浩：会的。这也是我对妹妹感到十分愧疚的地方。我想如果她生在一个独生子女家庭，或者是有一个健康的哥哥，那么她肯定会受到更多的宠爱，而不是像现在这样，凡事都要先为我考虑。作为哥哥，我没有能去保护她，反倒要她来照顾我，这也是我心怀愧疚的原因之一。

我特别想说一下我奶奶的一句经典台词："咱们是吃'活食儿'的，他是吃'死食儿'的。咱们想吃，随手拿来就吃。他吃什么得喂，你喂一口，他就吃一口，不喂就一口也吃不着。"我们家基本上都是奉行这个原则。尤其是我妹妹，她在外面就算吃一根雪糕，也会只吃一半，留一半回家问我吃不吃。

问：在知乎网站，你提到工作的领域是图书馆？你想做什么工作？小说家？

程浩：那是注册的时候，要求写的必填项。其实我本人是没有工作的，所以选择了一个跟读书有关的选项。

我当然是喜欢跟文字有关的工作，不一定是小说家。我给"爱看豆"校对过十几册的公版书，积累了一点经验。将来如果有机会的话，我可以给"字节社"当文字编辑，又能看书又能工作，这是我最理想的生活了。

问：你是否做过一些特别的梦？有哪些很想实现的梦想？

程浩：我真惭愧，自己做过的梦，醒来就不记得了。

我在不同的阶段，有不同的梦想。最近的一个梦想，是把我认识的九个人写成一本书，向塞林格的《九故事》致敬。暂时叫它《九个人》吧。

我特别痛苦的就是，总写不出让自己满意的故事。无论当时写完多满意，第二天再读都会觉得一无是处。

问：你在知乎上放了一个姑娘的照片，是你喜欢的吗？如果用文字描述，你喜欢什么样的女孩？憧憬什么样的爱情？

程浩：那不是我喜欢的姑娘，那是作家周德东的女儿。是朋友要求放照片，属于玩笑性质的。

我觉得喜欢怎样的人，这是一个十分模糊的概念。经常看到有人说自己喜欢心地善良、孝顺父母的。其实跟没说一样。我不能具体到她是一个怎样的人，我只能说我喜欢的人，至少得是喜欢我的。

问：你从什么时候可以体会到智识上的优越感？从什么时候你意识到，虽然跑不过他们，但仍可以与之一较短长的？

程浩：虽然大家都说我聪明，甚至我曾经真以为自己比别人聪明，但时间久了，我发现自己不是比别人聪明，而是比别人多了一个优势，这个优势就是时间。别人用来上学的时间，让我拿来读一些闲书，关注一些冷僻的领域，明白了一点别人不知道的东西。这不能说我就比别人聪明，只不过是他们没有时间去接触而已。就像一只青蛙，困于深井，仰望天空十余年。他对头顶这片天空的了解，肯定比别的青蛙要多。自从在知乎受到关注以后，支持我的人不少，骂我的人也不少。

其实我也不明白，像我这么好的一个人，他们怎么老骂我呢？大概是因为自卑吧。

问：有什么遗憾？

程浩：我觉得用"遗憾"这个词不准确。遗憾是曾经有机会，但是你出于某种原因错过了或者放弃了，若干年后为此感到懊悔。这是遗憾。然而，我从来就没有过这种机会，所以不存在遗憾的问题。只能说，有许多想做却做不了的事情。这么说的话，那实在是太多了。大到爬山潜水环游世界，小到弹琴绘画博览群书……实在太多了！

人，对于生活的索取，是永无止境的。

问：除了病危通知单外，妈妈还有什么"藏品"？

程浩：病危通知单以前是有，后来随着搬家都找不到了。还有一条毛巾被，是我出生前老妈特意去买的。她当时以为是个女孩，所以买了一条粉红色的。同事问她，万一生个男孩呢？老妈说男孩也能用粉红色啊。现在这条千疮百孔的毛巾被，跟我的年纪一样大，要是算上生产日期肯定比我还老，随便一抖就掉毛。可是老妈一直没扔，她觉得挺有纪念意义的。

问：你会关注医学的发展吗？也许现在国外对于你这类病的研究取得了进展？

程浩：你能想象一个二十岁的男生，只有不到30公斤吗？也许医学在发展，科技在提升，但是我的身体机能却是每况愈下，毫无疑问已经错过所谓的治疗时机。不管是身体还是精力，都不允许自己再去做那些不切实际的梦了。

问：你现在最常得的病是什么？是因为并发症吗？

程浩：现在的主要疾病来自肺部。因为自己的肺部发育得不是很好，所以排痰会比较困难。最近这两年，几乎都是肺部的问题。有一段时期，每天早晨起来都会咳嗽，很多的痰，一个小时都咳不出来。这点变化得特别明显，甚至让人感到恐惧。

问：父母有没有谈过你的将来？你对未来有什么设想和憧憬？

程浩：我们共同的设想就是过好每一天，想做什么就去做，不要寄希望于未来。